小学生成长必读系列【第三辑】

小学生
学会关爱他人
的100个故事

主编：高长梅

九 州 出 版 社
JIUZHOUPRESS | 全国百佳图书出版单位

图书在版编目（CIP）数据

小学生学会关爱他人的100个故事/高长梅主编.-北京：
九州出版社，2010.2（2021.7重印）

（"读·品·悟"小学生成长必读系列．第3辑）

ISBN 978-7-5108-0245-4

Ⅰ.①小… Ⅱ.①高… Ⅲ.①故事—作品集—世界
Ⅳ.①I14

中国版本图书馆CIP数据核字（2010）第014914号

小学生学会关爱他人的100个故事

作　　者	高长梅　主编	
出版发行	九州出版社	
地　　址	北京市西城区阜外大街甲35号（100037）	
发行电话	（010）68992190/3/5/6	
网　　址	www.jiuzhoupress.com	
电子信箱	jiuzhou@jiuzhoupress.com	
印　　刷	北京一鑫印务有限责任公司	
开　　本	720毫米×1000毫米　16开	
印　　张	10	
字　　数	130千字	
版　　次	2010年3月第1版	
印　　次	2021年7月第12次印刷	
书　　号	ISBN 978-7-5108-0245-4	
定　　价	29.80元	

目录 *Contents*

1 让关爱轻舞飞扬

爱，是人世间最温暖的字。被别人关爱是一种幸福，关爱别人是幸福的平方。在别人遭遇困难之时，给予一个关爱的眼神，几句善意的鼓励，这些都不需要你昂贵的付出，也许只是举手之劳，但对别人来说，那就像是天使的微笑，阳光的照耀！因此，请不要吝啬你的善意，在蓝蓝的天空下，在茫茫的大地上，让我们一起播洒爱的种子，让关爱，轻舞飞扬。

2 用"心的太阳"照耀别人

寒假期间，农民工子弟胡祥用稚嫩的双肩，艰难地背负着比自己短不了多少的大背篓，为别人送货，以此来挣得他和一只眼睛已经失明的小妹妹的学费……当这一新闻播出之后，全国各地许多好心人送来了爱心，5天时间，5万元爱心捐款从天南海北汇聚而来。人间的爱，为小胡祥的健康与成长，撑起了一片温暖的蓝天。

让我们用自己的爱心构筑一道亮丽的风景线，谱写一首首感人的奉献之歌。

目录

3 友好的陌生人

饥渴的特里去咖啡店买饮料，然后和一个陌生人聊了起来，忽然他觉得当对方把心事掏给自己以后，真不该再称对方为陌生人了。当特里聊完后向门口走去时，心里感到就像刚刚跟老朋友畅谈过一样，可是却连他的名字都不知道……

我们时时都在面对陌生人，尽管我们并不了解他们的身份和来历，但如果我们能坦诚相待，从他们的言谈和劝告中，我们获得的不仅仅是一份温情，更多的是一些生活的真谛和人生的意义。

4 爱的教育

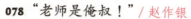

调皮的弗兰基是个人见人厌的学生，他恃强凌弱，以欺侮同学、滋事捣乱为快乐，可谁也拿他没办法。我被他欺侮，还受了伤。妈妈知道后没有去责备他，而是用爱心感化了他。此后弗兰基如脱胎换骨一般，彻底改邪归正了。

爱是人类最美好的语言，它的力量是无穷的。对每一个人来说，爱可能是一句亲切的话语，可能是一次温柔的抚摸，可能是一个鼓励的笑容，更可能是一个理解的眼神……

5 他托起我的手臂

一个7岁孩子小小的意外举动让妈妈在众人面前感到丢人，但是当妈妈了解到孩子是因为帮助别人而"失误"时，很为孩子感到骄傲，孩子小小的举动却饱含着爱的心灵……

关爱是细小的，可以是朋友在迷惘时你即时的点拨；可以是你捐出的一分钱；关爱又是宏大的，它对一些高尚的人而言意味着一生的奉献，以至生命的付出。我们都不是伟大的人，但是我们可以用伟大的爱做生活中每一件最平凡的小事……

目录

6 让阳光拐个弯儿

　　一个身患绝症的小女孩终日脸上苍白，因为阳光照不到她的病床，小女孩长时间闭着眼睛，不爱说话。一个同样身患绝症的小男孩为给她带去快乐，用两面镜子让阳光"拐弯儿"，将阳光反射到她的脸上，从此，他们的病房充满了笑声，伴随着快乐的笑声，小男孩与小女孩竟奇迹般地康复了……

　　一个被人关爱的人是幸福的，一个关爱别人的人是快乐的。当我们把奉献爱心当成生活中不可或缺的组成部分，温馨的感受便会溢满心田。

第1辑

让关爱轻舞飞扬

　　爱，是人世间最温暖的字。被别人关爱是一种幸福，关爱别人是幸福的平方。在别人遭遇困难之时，给予一个关爱的眼神，几句善意的鼓励，这些都不需要你昂贵的付出，也许只是举手之劳，但对别人来说，那就像是天使的微笑，阳光的照耀！因此，请不要吝啬你的善意，在蓝蓝的天空下，在茫茫的大地上，让我们一起播洒爱的种子，让关爱，轻舞飞扬。

爱 之 链 _文 (美) 杰尼·巴尼特 罗依·李

因为爱,冰雪会消融;因为爱,枯木会逢春;
就因为爱,希望绽放华彩;就因为爱能拨云见日,
未来永值得期待。

　　一天傍晚,乔驾车回家。一路上冷冷清清。天开始黑下来,还飘起了小雪。路边站着一位老太太,她遇到的麻烦是车胎瘪了。她在这里站了一个多小时了,没有人停下来帮助她。乔将车开到老太太的"奔驰"前,停下来。虽然他面带微笑,但她还是有点担心。他会害她吗?他看上去穷困潦倒,饥肠辘辘,不那么让人放心。老太太站在寒风中一动不动。他知道,只有寒冷和害怕才会那样。

　　"我是来帮助你的,老妈妈。你为什么不到车里暖和暖和呢?"乔爬到车子下面,找了个地方安上千斤顶,又爬下去一两次,结果,弄得浑身脏兮兮的,还伤了手。当他拧紧最后一个螺母时,她摇下车窗,向他表示感激。乔只是笑了笑,帮她关上后备箱。她问该付给他多少钱,出多少她都愿意。乔却没有想到钱,他认为自己只是帮助需要帮助的人,上帝知道,在他需要帮助的时候曾经有多少人帮助过他。他说,如果她真想答谢他,就请她如果遇到需要帮助的人,也给予帮助,并且想起他。

　　乔看着老太太发动汽车上了路,才开着车消失在暮色中,虽然天气寒冷且令人抑郁,但他在回家的路上很高兴。老太太行了几里路,看到一家小咖啡馆。她想进去吃点东西,驱驱寒气,再赶路回家。 女侍者走过来,递给她一条干净的毛巾,让她擦干湿漉漉的头发。女侍者面带甜甜的微笑,虽然站了一天也没有被抹去。老太太注意到女侍者已有近8个月的身孕,但她的服务态度没有因为过度的劳累而有所改变。

老太太吃完饭,拿出100美元付账。女侍者去找零钱,老太太却悄悄出了门。女侍者拿着零钱回来,看到老太太留在餐巾上的字:"你不欠我什么。有人曾经帮助过我,就像我现在帮助你一样。如果你真想回报我,就请不要让爱的链条在你这儿中断。"虽然还要清理桌子,服侍客人,但这一天女侍者又坚持下来了。

晚上,下班回家,躺在床上,她心里还在想着那笔钱和老太太写的话。老太太怎么知道她和丈夫那么需要这笔钱呢？孩子下个月就要出世了,生活会很艰难,她知道她的丈夫多么着急。当丈夫躺到身旁时,她给了他一个温柔的吻,轻声说:"一切都会好的。我爱你,乔。"乔看到妻子手里有一叠钞票,奇怪地问道:"夫人,你今天的生意一定做得很好吧,赚了那么多钱！""亲爱的,我今天的生意做地和平时一样,只是刚刚有一个老妇人,她用完餐后,乘我不注意的时候放了一叠钞票在餐桌上。"

这时,乔想起了老妇人,也激动地流下了眼泪……

他想:世界上还有很多好人,我一定要尽我的力量,去帮助更多的人！

第二天,乔又去找工作,他一直找到了下午也没找到,他很绝望,在路上他遇见了老妇人,他把他的处境和老妇人讲,老妇人觉得他是一个很善良的人,就带他到老妇人的儿子开的公司,给了他一个合适的工作,乔终于找到了工作。

因为爱,冰雪会消融;因为爱,枯木会逢春;就因为爱,希望绽放华彩;就因为爱能拨云见日,未来永值得期待。就因为爱,所有的生命才收获了圆满;就因为爱,奇迹正在赶过来;就让我们一起把爱之链的故事延续下去吧！

关爱心语

　　爱的故事在一次次上演,这也许就是"蝴蝶效应"吧?当我们真心地去帮助一个人,去做一件好事,也许这就是一个爱的浪潮的新起点。当我们挥动我们并不强健的臂膀的时候,也许正在掀起的是一场爱的"风暴"。

文 王连波

第100个客人　文 佚 名

　　"奶奶,这一次换我请客了。"小男孩有些得意地说。真正成为第一百个客人的奶奶,让孙子招待了一碗热腾腾的牛肉汤饭。而小男孩就像之前奶奶一样,含了块萝卜泡菜在口中咀嚼着。

　　中午尖峰时间过去了,原本拥挤的小吃店,客人都已散去,老板正要喘口气翻阅报纸的时候,有人走了进来。那是一位老奶奶和一个小男孩。

　　"牛肉汤饭一碗要多少钱呢?"奶奶坐下来拿出钱袋数了数钱,叫了一碗汤饭,热气腾腾的汤饭。奶奶将碗推到孙子面前,小男孩吞了吞口水望着奶奶说:"奶奶,您真的吃过午饭了吗?""当然了。"奶奶含着一块萝卜泡菜慢慢咀嚼。一晃眼工夫,小男孩就把一碗饭吃了个精光。

　　老板看到这幅景象,走到两个人面前说:"老太太,恭喜您,您今天运气真好，是我们的第100个客人，所以免费。"之后过了一个多月的某一天，小男孩蹲在小吃店对面像在数着什么东西，使得无意间望向窗外的老板吓了一大跳。

原来小男孩每看到一个客人走进店里，就把小石子放进他画的圈圈里，但是午餐时间都快过去了，小石子却连50个都不到。

心急如焚的老板打电话给所有的老顾客："很忙吗？没什么事，我要你来吃碗汤饭，今天我请客。"像这样打电话给很多人之后，客人开始一个接一个到来。"81、82、83……"小男孩数得越来越快了。终于当第99个小石子被放进圈圈的那一刻，小男孩匆忙拉着奶奶的手进了小吃店。

"奶奶，这一次换我请客了。"小男孩有些得意地说。真正成为第100个客人的奶奶，让孙子招待了一碗热腾腾的牛肉汤饭。而小男孩就像之前奶奶一样，含了块萝卜泡菜在口中咀嚼着。

"也送一碗给那个男孩吧。"老板娘不忍心地说。

"那小男孩现在正在学习不吃东西也会饱的道理哩！"老板回答。

呼噜……吃得津津有味的奶奶问小孙子："要不要留一些给你？"

没想到小男孩却拍拍他的小肚子，对奶奶说："不用了，我很饱，奶奶您看……"

关爱心语

"第100个客人"是一个美丽的托词，是一个美好的童话。祖孙之间的互相体贴，老板对祖孙的"细微照顾"，都浸润着人间的温情。那么，究竟什么是"不吃东西也会饱的道理"呢？那一定是爱，一种人与人之间诚挚的关爱，一种有尊严的爱的给予。

文 王连波

让关爱轻舞飞扬 文 佚 名

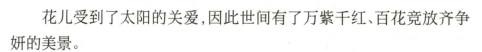
关爱是相互的,不能一味地索取,也不能一味地奉献。当大自然为人类奉献出一切时,人们是否应该回报些什么呢?

花儿受到了太阳的关爱,因此世间有了万紫千红、百花竞放齐争妍的美景。

鹰儿得到了蓝天的关爱,因此天空有了盘旋环绕、利锋直刺云霄的豪情。

水儿得到了大地的关爱,因此四海有了水滴石穿、百川竞东流的奇瑰。

世间万物亦如此,人类生为万物之灵长,在和煦的阳光下,在蓝蓝的天空下,在茫茫的大地上,播种爱的种子,让关爱,轻舞飞扬。

关爱是什么? 是体贴,是电脑桌上一杯温暖的咖啡;是关心,是病人床头一束幽香的百合;是同情,是乞丐碗中一枚铮亮的硬币;是尊敬,是敬老院中一阵欢乐的笑声。

杜甫本着对寒士的关爱,发出了"安得广厦千万间,大庇天下寒士俱欢颜"的感叹。

元稹有着对白居易的关爱,写出了"垂死病中惊坐起,暗风吹雨入寒窗"的动人名句。

龚自珍有着对人民的关爱,吟出了"落红不是无情物,化作春泥更护花"的抒志之言。

而在现代，人们更是以最真诚的心，为关爱的舞蹈，建设着一个新的舞台。

洪战辉用坚韧的毅力，挑起了养家的重担，他"带着妹妹上大学"的事迹感动了中国人，他对妹妹的关爱使每一个不尊老爱幼的人为之汗颜。许多人想把关爱化作物质赠予他，而他说："我的困难不是博取同情的资本。"虽然他没有得到钱和物，但他却得到了中国对他的关爱。

关爱是相互的，不能一味地索取，也不能一味地奉献。当大自然为人类奉献出一切时，人们是否应该回报些什么呢？

黑龙江一位7岁的女孩为了救一只陷入沼泽的天鹅而被沼泽吞噬；青海省为了迎接候鸟的"回家"将生态保护区内的住户全部移出；青藏铁路的施工人员为了不破坏高原上的植被，将草皮整块切割，待铁路铺好后重新种植……人类对大自然的关爱虽然很多，但了解不够，真正要达到与自然和谐共处，我们还有很多要做，其中很重要的，就是要对大自然充满关爱。

关爱人，关爱动植物，关爱世界上的每一个生灵。当历史的车轮滚过，当人生的幕布拉下，人世间永恒不变的，还是关爱。让关爱充满人间，让关爱轻舞飞扬。

关爱心语

关爱是如此的美好，世界离不开关爱。岁月会夺去我们年轻的容颜，夺取我们健康的体魄，但却夺不走充溢人间的关爱，相反，关爱会随着时间的流逝而更加温厚，更加轻舞飞扬。我们能做的就是为这份关爱再添一把柴，再加一点油，即便大幕拉下，爱的火焰也不会熄灭。

文 王连波

传递贝多芬之吻 文 蒋光宇

每个人的成功都离不开别人的爱心帮助,每个人也都可以用爱心帮助别人去争取成功。每个人都应当既是得到爱心帮助的受惠者,同时又是付出爱心帮助的给予者。

在布达佩斯有个刚刚16岁的孩子,聪颖早慧,显露出演奏钢琴的非凡才能。令人遗憾的是,因为孩子与其音乐老板发生了矛盾而遭到冷落,陷入了毫无用武之地的困境之中。

那时,正逢李斯特的最后一个在世学生、著名钢琴家冯·索尔先生来到布达佩斯。纯属偶然的相遇,冯·索尔先生要求这个孩子为他演奏一曲钢琴曲。

孩子竭尽全力,演奏了贝多芬的钢琴奏鸣曲《悲怆》和舒曼的《蝴蝶》。

当孩子结束演奏之后,冯·索尔先生站起身走近孩子,并在孩子的前额上深情地吻了吻。他激动而庄重地说:"我的孩子,当我像你这么大的时候就成了李斯特先生的学生。在我上完第一课之后,李斯特先生吻了吻我的前额,然后说:'好好记住这个吻,这是贝多芬先生听完我的演奏之后给我的',为了把这份神圣的遗产传给后人,我已等了许多年,现在我认为你应该得到它。"

后来,这个孩子在回顾自己之所以能成为一名著名的钢琴演奏家时,一往情深地说:"在我的一生中,没有比冯·索尔先生对我的赞扬更有意义的事了。贝多芬之吻奇迹般地使我从困境中解脱出来,并帮助我成为今天的钢琴演奏家。"

大师贝多芬将赞美和鼓励之吻送给了李斯特先生,李斯特先生将贝多芬的赞美和鼓励之吻传给了冯·索尔先生,冯·索尔先生又将贝多芬的赞美和鼓励之吻传给了这个深感失意的孩子……这是在传递贝多芬的赞美和鼓励之吻。

传递贝多芬赞美和鼓励之吻的实质,就是传递爱心,就是传递成功,就是营造我为人人、人人为我、互助互惠的良性循环。

每个人的成功都离不开别人的爱心帮助。

每个人也都可以用爱心帮助别人去争取成功。

每个人都应当既是得到爱心帮助的受惠者,同时又是付出爱心帮助的给予者。

关爱心语

我们都希望爱的圣火久久不息,都希望爱的传递能够持久。但是爱心传递的链条又相当脆弱。贝多芬之吻,其实是爱心之吻,鼓励之吻。为了保护爱心传递的链条,我们就要做到既是得到爱心帮助的受惠者,同时又是付出爱心帮助的给予者。也许有时候,我们更要做后者,因为"施比受更幸福"。

文 王连波

要学会关爱他人 文 李义良

有时候，一个诚挚的祝福，一句贴心的话语，一份热心的帮助，就会使人看到社会的温暖，人间的真情，不经意的一点付出就会使我们的生活为之改观。

今天晚上，和朋友一起吃饭回来的时候已经是10点半了，就在我跨上自行车往前走的时候，和我并行的一个骑着三轮车卖水果看上去大约有50多岁的老年妇女向我问到："要不要买点水果回去？"这么晚了，天气又是那么的冷，西北风呼呼地刮着，吹到人的脸上感到很不是滋味。我摸了摸口袋，发觉口袋里面除了几张卡片，没有现金，于是很抱歉地对老妇人说："买不了，钱没有带在身上！"于是我就这么骑着车子慢慢走着，几乎和老妇人的三轮车同样的速度向前移动。忽然，老妇人又向我开口了："你知道华北桥在什么地方吗？第一次到新的农贸市场去卖水果，天太晚了，不认识路了，我要找到那个地方才能找到回家的路！"我就问她家是什么地方的？他说的是什么我没有听清楚，但是她说到了华北桥沿着河往南骑就到了，我说是不是在孔望山附近，她说她们家就住在孔望山的脚下。我一想，从孔望山到老妇人卖水果的农贸市场，估计要有几十里的路程，太不容易了。于是，我说我把你带到华北桥吧，就这样，我在前面走，她骑着三轮车跟在我后面，快要到的时候，她说："找到了，这就是！"然后，我又告诉了她具体的行走方向，她连声向我说谢谢！

　　和老妇人告别后,我一个人走在那霓虹灯闪烁的城市街道上,心中有一种说不出来的感觉,改革开放30年了,很多的人都过上了幸福的日子,可是在我们的周围,还是有那么多的农民百姓在为自己的生计从早到晚地忙碌着。对他们来说,虽然经常走在城市的街道上,看着身边穿梭不断的汽车,灯红酒绿的茶馆、保健场所,但是,那不属于他们。这也许就是30年改革开放带给我们的这个时代的印记,我期望着这个印记有一天不再存在。差距虽然需要时间来缩短,但是我想,最主要的是人的心灵的贫富差距要不断缩短。这就需要所有的人要学会关爱他人,整个社会要形成一种关爱他人的氛围,不管你的力量是大是小,哪怕是微不足道。有时候,一个诚挚的祝福,一句贴心的话语,一份热心的帮助,就会使人看到社会的温暖,人间的真情,不经意的一点付出就会使我们的生活为之改观。

　　有这么一个故事,讲的是一位年老的盲眼阿婆,拿着平生积蓄的钱,找到水电行老板,让他帮忙在她家附近的小路上装几盏灯。老板很纳闷:"阿婆,你看不见,装灯干什么啊?"阿婆说:"从这儿走过的人常常会因为看不清楚道路而摔跤,很不方便,所以我想装几盏灯。"盲眼阿婆要装灯的消息第二天就传遍了全镇,所有的人都被阿婆感动了,纷纷捐钱,主动参加装灯行动。每个人的心里都在想:盲眼阿婆都想着要照亮别人,何况我们眼睛好的人呢?结果,不但阿婆家外面的路灯全部亮了起来,马路还被拓宽了,通往郊外的木版桥改成了水泥桥,就连阿婆的小木屋也被重新砌成了美丽又坚固的水泥房,每天还有很多的人来看望阿婆,陪着她说笑。盲眼阿婆自己也没有想到,自己一点点的善意付出,不但使整个小镇光明而美丽起来,同时也无意间让自己快乐了起来。

　　其实,在当今社会上,很多的人都把那种关爱他人的思想丢到了脑后,这既有社会的原因,快速的发展让我们的社会道德建设没有能够紧紧地跟上,导致出现了道德真空;很多的时候也有我们自身的原因,事不关己,高高挂起。如果我们每一个人都能够尽自己所能去关

心他人,关爱他人,特别是去关爱那些社会上的弱势人群,这个社会一定会变得和谐起来。

关爱心语

关爱别人从来都不是一句好听的口号,也不是我们生活中很抽象的事物。它也许就是我们轻而易举的一次带路,简单的一句问候。在力所能及的情况下,我们都应该尽可能地去帮助别人,试着那样做吧,其实这一切都不难,而且我们会发现,有一种发自内心的微笑挂在我们的脸上。

文 王连波

关爱他人,服务他人 文 李智朋

如果把人生比作花,那么快乐便是酝酿人生的蜜蜂。如果说人生是杯水,那么要想得活水,就只有不断地施一半给他人,待水满了,再施一半,只有这样,人生才会有价值,才会更完美。

有一则寓言,说上帝要从人间选出一个人,带领他到世界各地去调查民情,之后那个人就可以上天或成仙。从几百个人中筛选,最后剩下春和冬两个人,由于二人技艺相当,实在无法选出哪一个更好,上帝只好叫他们爬山,谁先上去又先下来就是胜利者。

结果冬很快就回到上帝的身边,她爬过的那座山,空空如也;而春很久才下来,他爬过的那半边山,一片苍翠,冬望着姗姗来迟的春,得意地等待着上帝的谕旨,上帝却微笑地望着春,慈爱地说:"你正是最适合的人选,你善良得连山上的一株草都不忍心践踏,把每根倒伏的树枝都扶起来,天庭将封你为春神,永远受到人们的爱戴。而冬,为了行程的便利,砍掉了他看到的所有树木,固然能力无限,也只能封为冬神,受到世代人们的憎恨。"上帝于是随着春来到人间,那个时候,万物复苏,天地间一片祥和。

一对鱼儿在干涸的池塘中尚且知道相濡以沫;鸟儿尚且知道用自己衔来的一点点食物给予受伤的伙伴……次等幼小的生灵尚且如此,吾等何以堪?

在美国,圣诞节并不仅仅是一个平安、团圆的节日,更是一个"平安与世,善意与人"的机会。例如,救世军的摇铃者对大多数为圣诞节购物的人们而言,是一个熟悉的景象。他们通常会站在购物中心和商店外面,为有需要的人募钱。很多教会和其它的机构会收集玩具和衣服,作为穷苦家庭的圣诞礼物。报佳音是另外一种能够将欢乐带给邻舍的传统方式,尤其是针对那些老人和无法常出门的人。圣诞节的精神鼓励人们在许多大大小小的事情上互相帮助,服务他人。

曾经看过这样一篇短文,说的是一个小女孩经过一片草地,看见一只蝴蝶被荆棘弄伤了,她小心翼翼地为它拔掉刺,让它飞向大自然。后来,蝴蝶化成了仙女,向小女孩说:"你许个愿,我将让它实现。"小女孩想了想,说:"我希望快乐。"于是,仙女弯下腰来在她耳边悄悄细语一番,就消失无迹了。小女孩果然很快乐地度过了一生。她年老时,有人问她仙女到底说了什么,她只是笑着说:"仙女告诉我,我周围的每个人,都需要我的关怀。"

如果把人生比作花,那么快乐便是酝酿人生的蜜蜂。如果说人生是杯水,那么要想得活水,就只有不断地施一半给他人,待水满了,再施一半,只有这样,人生才会有价值,才会更完美。

关爱心语

如果人生是花朵,那么快乐便是酝酿人生的蜜蜂。然而快乐又从何而来? 那就是对别人的关怀。也许我们觉得这样做会被嘲笑,会感觉自己很傻,但是当我们真正去做了,去实践了,那么,我们相信,真正的快乐也在向你招手,等你张开双臂将它拥抱。

文 王连波

圣洁的报酬 文 佚 名

他让我懂得,炫耀的爱心是一柄砍平人理想的风刀,它不但会拧干弱者奋发的信念,还让他们在阳光下赤裸裸地展示血迹斑斑的伤口。这种帮助是残忍的,有损人尊严的。

2006年7月份,我作为联合国义工服务组织(UNV)的一员,去南非做了半年的义工。

现如今,南非经济发展很迅速,富人增多的同时,穷人们的日子却越来越不好过了。大批的贫民拥挤在市区的贫民窟中,有些人为了省钱,甚至两三天才能吃上一顿饭。根据官方最新公布的数字,南非目前仍有450万无业游民,其中有350万人几乎已经失去了继续寻找工作的信心。

7月的中国,正值盛夏,但远在南半球的南非却正处于一年之中最寒冷的季节。我们的任务就是,尽量帮助那些滞留在首都比勒陀利亚的来自姆普马兰加省的贫民(尤其是小孩),给这些居无定所,在瑟瑟寒风中艰难求生的穷人捐衣捐物,帮助他们度过一年当中最难熬的日子。

我们这一组一共6个人,分别来自中国、英国、法国和新西兰。其中留着一捋粗壮红胡子的英国人马丁已经在这里做了3年,是我们这群人中资格最老的一个。

第一次执行任务是马丁带我们去的。那一天,我们到批发市场去买衣物、被子、玉米粉和饼干,细细地挑好货物以后,本以为结账就可以走人了,可我们站在门口等了十多分钟也不见马丁出来,我们重新返回店里的时候,发现马丁还在那里和一个看上去相当狡猾的黑人批发商耐心地侃价呢,分铢必争。

购置完物品,我们开着日本人捐助的三辆丰田工具车,直奔郊外一个叫利比利亚的废旧农场。

说实话,尽管到之前我有相当的心理准备,但目睹到眼前的一切时,还是吃惊不小。在这个废弃的农场上,到处是贫民自己用铁皮和木板搭建的简易住房,四壁透风,杂乱无章。更糟糕的是这么大一片贫民窟,我竟然没有看到一根电线和一只自来水管,半封冻状态的污水肆意横流,让人无处下脚。

可能听到外边有动静,最先冲出来的就是那些可爱的孩子们。衣衫褴褛的他们在寒风中瑟瑟发着抖,瞪着单纯的大眼,盯着我们,揣测着来意。

望着这些可怜的孩子,我迫不及待从车上拿出衣物就朝他们走去。

"刘,你在做什么?"马丁突然大声问我。我扭头看到他正瞪着我,眼睛里是一股掩藏不住的火气。

"快点把东西送给他们啊,这些孩子急需。"我解释说。

"把东西放下!"马丁冲到我跟前,涨红着脸,近乎粗鲁地夺下了我手里的衣帽。我莫名其妙地望着他,一时不明白他哪儿来的脾气。

旁边的法国人雷诺上前拉开了我说："刘，不是这样的，你不能这样就把捐赠送出去……"

余怒未消的马丁面对围上来的孩子们，立刻变成一副慈温的笑脸。柔声问道："孩子们，愿意帮我们做点事情吗？"

那些可爱的小孩们怯生生地咧着嘴笑，露出一口洁白的牙齿。其中一个被他的同伴恶做剧似的推了出来。

"非常好，"马丁鼓励着说，"如果你能帮我们把车上的东西搬下来的话，我想，你会得到酬劳的。"

在同伴的怂恿下那个小家伙真走过去，接住了新西兰人菲思从车上递下的一小袋玉米粉。

"好极了，"马丁夸张而富有感染力地叫着，"小家伙，谢谢你的帮助，这是你应得的劳动报酬。"他把一身棉衣和一小桶饼干递给了那个小孩。小孩愉快地接过这些劳动所得，兴奋得两眼放光。

"小家伙们，你们看到了，车上东西很多，有谁愿意继续帮助我们呢？"马丁半蹲在这些孩子们面前，亲切地问。

孩子们尖叫一声一拥而上，嘻笑中很快帮我们把东西全从工具车上卸了下来，理所当然地，每个人都得到了一套棉服和一份玉米粉或者饼干。

这时，闻迅赶来的其他孩子瞅见已经没有任何事情可以做的时候，眼里不由得显出失望和对得到"酬劳"同伴的妒忌。马丁挥着手，很兴奋的样子，大声叫着："孩子们，排好队，我知道你们的歌声很甜美，为什么不给我们唱首歌呢？当然，你们也会得到理所应当的酬谢。"

那些孩子们受到了鼓舞，一边拍手一边舞动起来，歌声随后响起。他们唱得非常认真，唱完之后果然也得到了一份礼品。

整个下午，在马丁的策划之下，我们热热闹闹地就把所有的物品按计划发给了孩子们。当我们离开时，这些孩子们恋恋不舍地跟出好远。

在回去的车上，马丁主动跟我道歉说："刘，我下午的态度不好，请你原谅。但你知道吗？我们不能让孩子们觉得这些东西是他们理所应当得到的，这样会培养他们不劳而获的惰性。他们本来就生活在一个很糟糕的环境中，我们就更应该从小培养他们正确的劳动观念和积极的人生态度，这样才能帮助他们树立起改变生活状况的信心。而且，人生来是平等的，如果我们居高临下地进行施舍、捐赠，会让孩子们的自尊心受挫，长大后会留下心理疾病的隐患啊……刘，没有什么比孩子们健康成长更重要的了。"

那一天，马丁的所作所为给我上了生动的一课，他让我懂得，炫耀的爱心是一柄砍平人理想的风刀，它不但会拧干弱者奋发的信念，还让他们在阳光下赤裸裸地展示血迹斑斑的伤口。这种帮助是残忍的，有损人尊严的。而如何割断弱者旁逸斜出的自卑情绪并帮助他们提炼和坚持做人的高贵操守，则是施予者必须学会的高妙技巧。

 **关爱心语**

　　救助不是施舍，爱心、奉献不能以高高在上的姿态进行。爱心救助需要技巧，我们要避免让弱者将他们最不爱让别人看到的伤口展示在世人面前，我们要做的是，如何割断弱者旁逸斜出的自卑情绪并帮助他们提炼和坚持做人的高贵操守，这方面，仍旧任重道远。

文　王连波

这个天使爱撒谎 文 朱成玉

男孩和她道了声"晚安",然后就睡下了,再没有醒过来,嘴角一直留存着甜甜的微笑。只有罗琳一个人知道,那微笑是用一个谎言编织出来的,那微笑里藏着一个关于天使的虚无缥缈的梦。

做为一名医务工作者,我有幸听到了关于护士罗琳的故事。

罗琳是一位年轻的外科护士,在一家颇有名气的医院里上班。她热爱自己的职业,喜欢别人叫她"白衣天使","这个称呼太美妙了,让我感觉到自己很伟大。"她丝毫不隐讳自己的感受,她是个爽朗直率的人。

她的脸上时时刻刻都洋溢着温暖的表情,因此,她去过的每一个病房,便都有了春天的气息。

"嗨,你今天还好吗?"她会装作若无其事地和重症患者打招呼,病人就笑了,虚弱的脸上慢慢浮现出阳光的颜色;她会从家里捧来一大堆好看的彩色故事书,给那些生病的孩子们看。童话看多了,孩子们就时不时地管她叫"天使阿姨",每一次她都欢快地应着;有时,她干脆坐下来,忙里偷闲地和大妈们唠唠家常,恨不得连做饭的技巧都互相交流一下。她心软,感受到患者的疼痛和哀伤,就会在心底偷偷地流泪,所以她尽量用自己无微不至的关爱,减轻他们的疼痛。

罗琳清清楚楚地记得自己第一天上班的样子,紧张得要命。给患者打针的时候,总是找不到血管,急得她的眼泪在眼眶里直打转。有些善良的患者就会安慰她，"别着急，慢慢来，"她的心立刻被感动塞得满满，她发誓，一定要好好回报这些可爱的患者们。

圣诞节到了，罗琳从家门口出来，心情愉悦地去上班。每天她都是步行，只需穿过两条街就可以了。虽然是外国的节日，大街小巷一样弥散着浓浓的温情。尤其是各个商店的门口，服务人员穿着圣诞老人的服装，拎着袋子，为路人派发着各种小礼物。罗琳就得到了很多这样的小礼物，比如手链儿、糖果，还有各种各样的手机套，她握着它们，天真地想，天天都是圣诞节该有多好。罗琳的手里也拎着一个袋子，那里面是她早已为她的患者们准备好的一些小礼物。

她把这些小礼物一一送给了她的患者们，其实她不知道，她的微笑就是送给患者们的最好的礼物。

她还有一个特殊的礼物，要送给一个特殊的病人。想到这里，罗琳便有些心事重重起来，因为5号病房里，有一处阳光照不到的角落。那里有一个小男孩，是个孤儿，在路上晕倒的时候被好心人送到了医院，他得的是白血病。

入院7天之后，医院决定要放弃治疗。现在，医生们正准备去拔除男孩身上输液用的插管。

"明天，明天再拔行吗？"在院长办公室里，罗琳带着哭腔央求道，"今天是圣诞节，让孩子快快乐乐地过完它吧。"

"医院不是慈善机构"，这是柔软的罗琳碰到的冷冰冰的墙，她的脸上不禁淌下了泪水。

她不敢面对那个孤苦无依的孩子，一直挨到傍晚的时候，她心情沉重地来到5号病房，来到那个瘦小的患者身边。

"阿姨，他们拔掉了我身上的管子，是我的病要好了吗？"男孩问她。

"是的，圣诞快乐！"罗琳带来了她的礼物，一只可爱的小布熊。

"小熊真可爱！谢谢阿姨。"男孩高兴地说，"可是，什么是圣诞呢？"

"就是上帝诞生的日子啊,"罗琳说道,"上帝很喜欢助人为乐,到处去做好事,满足很多人的心愿。可是他自己忙不过来,他需要找一些帮手,所以上帝的身边总是围着很多长着翅膀的小天使。在这一天,他要到人间来选一些又可爱又能干的孩子做他的天使,帮他到人间做好事。"

"我会被选中吗?"男孩瞪大了眼睛,充满期待地问。"一定会,因为你是最棒的。"罗琳强忍着泪水,微笑着对男孩说,"早点睡吧,养足精神,等着跟上帝去做好事。"

男孩和她道了声"晚安",然后就睡下了,再没有醒过来,嘴角一直留存着甜甜的微笑。只有罗琳一个人知道,那微笑是用一个谎言编织出来的,那微笑里藏着一个关于天使的虚无缥缈的梦。

而那个谎言,是我听到的关于夭亡的最美丽的解释。

关爱心语

医务人员按说是看惯了生与死的,但是罗琳却给一个生命垂危的孩子编织了一个关于天使的梦。现实太残忍,我们很多时候无能为力。但是我们可以尽可能地微笑,尽可能地让人在对梦想的期盼与希冀中走进明天,哪怕明天是暴风骤雨,我们也愿意换得一夜好梦,一夜安眠。

文 王连波

帮助人是美好的 文 流 沙

越是在讲效率、讲金钱、讲竞争的社会里,大家就越期盼能相互帮助,相互帮助是美好的。如果灾难发生在别人身上时他得不到帮助,发生在你身上时你也同样得不到帮助。

哈斯先生是美国人,精通中文,在浙江一所大学念新闻传播学。有一天,他在一张报纸上看到一则新闻:

一位老大妈夜里因为被人偷了钱包,只得步行回家。半路上,一位好心司机让她上车带她一程。不料想,车子驶出不久就和一辆大货车相撞了,司机没事,而坐在后面的大妈受了重伤,需要截肢。大妈的家属将司机告上法庭,索赔40万。

哈斯说,一条新闻与一个社会公义比起来,到底哪个重要?哈斯的意思是,这则新闻把帮助陌生人的社会道德推向了危险的境地。特别是报纸用了"司机搭载他人要慎重"的句子,在哈斯看来,这样的提醒,完全不符合良知,让人觉得可怕。

这倒让我想起以前听堂哥讲过的一个故事。

堂哥在夏威夷工作,有一天外出锻炼,摔了一跤,伤了腿,只得一瘸一拐地往回走。一辆车停下来,司机探出头问:"先生,你怎么啦,需不需要帮助?"堂哥指指前面不远处的家,说:"谢谢,我没问题。"司机开车走了。过了一会,又有一辆车停下来,司机问:"先生,你需不需要帮助?"堂哥摇摇头。那辆车缓缓开走了,司机还回头朝他看看。没

过多久，又有一辆车停下来，司机又问堂哥需不需要帮助，他车上有药箱。堂哥仍然说不用。

堂哥快走到家的时候，救护车赶来了。医生说："是车牌号为×××的司机帮你打的电话。"

美国是一个"陌生人"的社会，同事之间、朋友之间、邻居之间好像离得很远，但一旦你需要帮助时，你又觉得大家贴得很近。

后来，堂哥终于想明白了，越是在讲效率、讲金钱、讲竞争的社会里，大家就越期盼能相互帮助，相互帮助是美好的。如果灾难发生在别人身上时他得不到帮助，发生在你身上时你也同样得不到帮助。

堂哥说，在美国工作期间，他也帮助过不少人。在国内，觉得帮助人很骄傲；在美国，觉得帮助别人就是在帮助自己。

我们总是慨叹世风日下，乐于助人的人越来越少了，人与人之间的关系越来越冷漠。但是我们很少扪心自问：在别人需要我的时候，我是不是伸出了援助之手？其实，被别人帮助是一种幸福，帮助别人是幸福的平方，希望我们都学会帮助别人，在幸福的平方里度过一生。

请接天堂信息台 文 曾庆宁/编译

孩子,在这个世界,它能唱出美妙的歌谣,在天
堂,它也一定能演奏出动人的歌曲。

至今,保罗还清晰地记得家中楼梯平台上方、固定在墙上的老式电话以及家里的第一个电话号码——105。保罗发现那个可爱的话筒里住着一位神奇的女士,她的名字叫"请接信息台"。那位女士可是无所不知——母亲可以通过她知道别家的电话号码,还能得知正确的时间。

与那位神奇的女士第一次交流是保罗在6岁的时候。一天,母亲去邻居家串门,保罗拿出一把榔头开始模仿父亲钉钉子。一不小心,小手指被重重砸到,立刻肿了起来。保罗一边吮吸着手指,一边含着眼泪绕着屋子团团转。来到楼梯口时,保罗猛地看到了墙上的电话。他将一只脚凳拖到楼梯平台旁边,爬上去抓起电话,像妈妈那样摇了几下手柄:"请接信息台。"

几秒钟后,一位女士轻柔的声音出现:"感谢您使用信息服务,请问有什么可以帮您?"

"我的手指受伤了,好痛哦!"保罗大哭起来。

"别哭,孩子,你妈妈不在家吗?"电话那边问道。

"就我一个人在家,他们都出去了。"保罗抽泣着说。

"你用碎冰锥切下一小块冰,然后把冰块放在受伤的手指上,就可

以止痛。不过,你用碎冰锥时一定要小心啊,别再伤着手了。"照着这个办法,保罗的疼痛果然减轻了许多。从那以后,凡是遇到什么麻烦事,保罗都会找"请接信息台"女士帮着解决问题。

一次,家里养的金丝雀死了,保罗打电话告诉了"请接信息台"女士,年幼的他不能接受为什么能唱出美妙歌谣、曾给他带来那么多快乐的鸟儿竟无声无息地躺在笼子里了。

"请接信息台"女士感受到了保罗的心情,轻声对他说:"在这个世界,它能唱出美妙的歌谣,在天堂,它也一定能演奏出动人的歌曲。"听到这话,保罗心里好受了许多。

一天,保罗又拨通了电话:"'FIX'这个单词怎么拼写?""是修理东西那个'FIX'吗?'F、I、X'……"刚说到这里,姐姐突然一声尖叫,从门后跳了出来,头上戴着妖怪的面具,保罗吓得从脚凳上摔了下去,将话筒连同固定电话的盒子一起从墙上扯了下来,姐弟俩都吓呆了。

过了十几分钟,门铃响了,大门口出现一个背包的陌生人:"我是电话维修员,接线员打电话说你们的电话出故障了,发生了什么事?"保罗告诉了他姐姐吓唬自己的经过。维修员打开了电话盒子,摆弄了一阵子后,用螺丝刀把松散的螺丝一一上到位,轻轻摇了几下电话手柄,接通了电话:"您好,信息台,我是彼得。电话号码为105的住户家里电话已修复。"说罢,他挂断了电话,笑着拍了拍保罗的头,然后离去。

保罗9岁那年,全家搬到了波士顿,那个老式电话和"请接信息台"服务早已定格为保罗脑海中最美好的回忆。

8年后,在去大学念书的路上,飞机在西雅图中途停留半小时,保罗情不自禁地试拨了一下老家小镇上的电话。

"这里是信息台,请问有什么可以帮助您?"万万想不到的是,保罗居然再次听到了那个伴自己走过童年时代的声音。那一刻,保罗百感交集,不知道说什么好:"您能告诉保罗,'FIX'这个单词怎么拼写吗?"

电话那头好长时间的沉默,接着传来一阵激动的声音:"孩子,你指头上的伤口早就愈合了吧?"

保罗"扑哧"一下笑出声来:"竟然真的还是您!我不知道您是否知道,您当年对于我有多么的重要……"

"我也想让你知道,"她回答说,"你对我有多么重要。我没有孩子,因此总是盼望着接到你的电话。"

保罗问她,大学第一学期结束后的假期,他会再次路过西雅图,那时能否再与她通电话。

"当然!就说找萨莉。"

3个月后,保罗再次回到西雅图机场,拨通电话后,传采的却是一个陌生的声音:"信息台,请问有什么可以帮您?"

"我想找萨莉女士,"保罗说,"我叫保罗·维利亚德。"

"很遗憾,萨莉小姐在5周前去世了。她最近几年只是在这里兼职,她身体一直不好……"

保罗的泪水一下涌了出来。

"您刚才好像说,您的名字叫保罗?萨莉一直在等一个叫保罗的男孩来电话,她给您留了句话。"

"什么话?"保罗问道。可就在瞬间,他仿佛一下子猜到了她给自己的遗言。

"你听着:孩子,在这个世界,它能唱出美妙的歌谣,在天堂,它也一定能演奏出动人的歌曲。"

萨莉小姐说的没错,此时她温暖和善的话语又环绕在保罗的耳际,那是从天堂传来的美丽音符。

关爱心语

　　保罗的童年里最美好的记忆就是那个美妙而又和善的"信息台"的声音,这成了他最珍贵的东西,直到8年以后,这声音还是那么清晰地印记在保罗的心头,而保罗也一样,成为萨莉小姐的精神寄托。虽然最后萨莉小姐离开了保罗,但她温暖和善的声音却久久萦绕在我们的耳边,因为爱是不会消失的,爱是永恒的。

文 董春梅

第2辑
用"心的太阳"照耀别人

　　寒假期间，农民工子弟胡祥用稚嫩的双肩，艰难地背负着比自己短不了多少的大背篼，为别人送货，以此来挣得他和一只眼睛已经失明的小妹妹的学费……当这一新闻播出之后，全国各地许多好心人送来了爱心，5天时间，5万元爱心捐款从天南海北汇聚而来。人间的爱，为小胡祥的健康与成长，撑起了一片温暖的蓝天。

　　让我们用自己的爱心构筑一道亮丽的风景线，谱写一首首感人的奉献之歌。

用"心的太阳"照耀别人 文 臧小平

> 也许一个人的力量是渺小的,但是将这个力量乘以上百倍,上千倍,那就是不可忽视的力量,我们都要尽力做这千百倍中的一员。

从贵州卫视《贵视晚间》栏目中,我看到了这样一则报道:寒假期间,11岁的农民工子弟胡祥,用稚嫩的双肩,艰难地背负着比自己短不了多少的大背篼,为别人送货,以此来挣得他和一只眼睛已经失明的小妹妹的学费。小胡祥那吃力前行着的矮小瘦弱的身躯,那由于年幼而大多争不到客人时的失望的眼神,尤其是他为了减轻家庭重负,要用自己的劳动,换取兄妹俩继续读书机会的信念,在我的心中留下了难忘的印记。这个自强自立的孩子,由于生活贫困又患上了淋巴结核和肺结核。当好心人送去两箱牛奶,让他滋补身体的时候,他非常孝顺懂事地将这些营养品,送到同样生病的爷爷奶奶手中……

这就是小胡祥,一个令人心痛心碎而又由衷敬佩的11岁的孩子!

人们的心灵有时是相通的。当《贵视晚间》善良的青年女记者杨霄,用手机拍下了小胡祥的身影并立即播出之后,全国各地那么多好心人和我一样,被震撼和感动包围着。5天时间,5万元爱心捐款从天南海北汇聚而来。电视台的编导笑了,小胡祥笑了,我也笑了。人间的爱,为小胡祥的健康与成长,撑起了一片温暖的蓝天。

我不由得想起了我的父亲臧克家先生,在62年前写的一首短诗:

你会觉得心的太阳
到处向你照耀，
当你以自己的心
去温暖别人。

　　这首被我的双亲实践了一生的小诗，是我的珍爱。我也学着父辈的样子，将它作为自己的座右铭。因为，爱是可以传递的。我永远不会忘记，在我生病的近十年中，我的双亲和兄妹，我的朋友和《文艺报》的同事们，用他们的爱，照耀着我、温暖着我、激励着我。我得到了爱，也将怀着一颗感恩的心去传递爱。人与人之间相互温暖、相互照耀，这正是父亲那首小诗的精华所在。

　　也许一个人的力量是渺小的，但是将这个力量乘以上百倍，上千倍，那就是不可忽视的力量，我们都要尽力做这千百倍中的一员。我们都希望得到爱，但是我们更需要去奉献爱，爱要从心开始，爱也要从"我"开始。

文　王连波

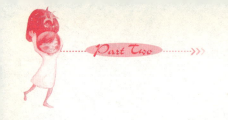

第三种选择叫仁爱 文 薛 峰

一个人,不论尊卑、贫富、强弱,只要怀有一颗
仁爱之心、博爱之心,就远离了低级与冷漠,就靠近
了伟大与高尚。很多时候,在抉择面前,让仁爱领
先,一定就能找到第三种出路。

　　阿利尔是生活在美国北部的一名矿工,他自幼失去双亲,靠自己
的努力读完大学,但因家庭背景不好,所以没能找到好工作。不过,他
并不以做矿工为耻,他相信经过艰苦奋斗,一定能创造幸福的。

　　令阿利尔最为痛苦的是,最近妻子的身体老是不舒服,虚弱得很,
到医院一检查,竟然是肺癌。家中本来就一贫如洗,现在又雪上加霜,
阿利尔欲哭无泪。他要留住妻子,他不能让她死。于是,阿利尔带她
去了一家声誉不错的医院,可医生开出的药单让他不知所措。那是一
种名贵的化疗药物,300多元一支,每日一次,静注三支。也就是说妻
子每天的医疗费用高达近千元。

　　阿利尔很难过,他随着取药的人来到药房,看着人家一个个进去
拿药,只有他呆呆地站在门口。那种药他看得非常清楚,就摆在屋中
靠窗的位置,把药取出来给妻子注射进去,就可能治愈妻子的病痛,至
少可以延长生命。可是,他没有钱,他拿不到药。回到病房,看妻子躺
在床上痛苦的样子,他难过极了。

　　由于没钱治疗,阿利尔把妻子接回了家。那段时间他既要消耗巨
大的体力下井挖煤,加班加点多挣些钱,又要照顾妻子和女儿,每天都

很忙很累。因为没有药物治疗,妻子的病情迅速恶化,眼看就要离开他们父女了。

"不,不能这样!"阿利尔在心里呼喊。

可是,能怎样呢? 他没有钱,不能买那种昂贵的药来维持妻子的生命。

最后,心力交瘁的阿利尔决定铤而走险,他要去医院偷药。

没错,他打算把存放在医院药房里靠窗位置的药偷出来。当然,他没告诉妻子,他只对她说去买药,他挣到足够的钱了。

那是一个黑夜,阿利尔开始行动了。他带着钳子锤子,很顺利地就打开了药房的大门,然后把药装进事先准备的包里。尽管很紧张,但阿利尔心里还是感到很庆幸,他背着包悄悄地溜出来。可是,在门口,阿利尔被保安抓住了。

就在保安准备打电话报警时,阿利尔"扑通"一声跪了下去。他向保安哭诉了自己的不幸,恳求保安不要报警。如果报警的话,阿利尔肯定会被关进监狱,那样他的妻女就完了。

那是一个好心的保安,他很同情阿利尔。可是,他也无能为力,因为他的职责是保护医院,如果有药品丢失,他一定会被医院解雇,甚至被告上法庭。

怎么办呢? 摆在保安面前有两条路,一是放了阿利尔,那样就成全了阿利尔,但他失职了;二是报警,可阿利尔就惨了。

保安最后想出了第三条路:放掉阿利尔,让他把药品拿回去给妻子治病,然后阿利尔再回来,接受处罚。这是一个很可行的办法,既能保住阿利尔妻子的生命,又能使保安不失职。

就这样,阿利尔对保安千恩万谢,带着药品回家了。真是药到病除,经过注射,妻子的病果然好了许多。而阿利尔也是一个诚信之人,他主动投案了。

后来,这件事被当地的一名记者知道了,他写了一篇报道发了出来,在社会上引起十分强烈的反响。人们不禁发问:我们自诩是

发达、文明的国家,为什么还有人为了给亲人治病而铤而走险?政府在哪里?

随后,州长发表电视讲话,首先道歉,然后他向那名保安致敬,称他是一个伟大的保安。州长向全州人民承诺,政府将会尽最大努力为阿利尔妻子治病,并普查全州,看是否还有类似的人群,一旦发现,将无条件地帮助他们……

可以想象,阿利尔是多么高兴和欣慰,而那名保安,被人们誉为"最温情的保安"。面对犯罪,他不是冷酷地报警,而选择了第三条路,用智慧和仁爱为生命开辟了绿色通道。一个人,不论尊卑、贫富、强弱,只要怀有一颗仁爱之心、博爱之心,就远离了低级与冷漠,就靠近了伟大与高尚。很多时候,在抉择面前,让仁爱领先,一定就能找到第三种出路。

关爱心语

在我们看来,似乎真的是没有第三条路可以选择的,但是这位保安的仁爱之心却给这件事开辟了第三条通道。原来,低级与冷漠,高尚与伟大隔得并不遥远,决定这一切的,是仁爱之心。我们也许有尊卑贫富之分,但是仁爱之心却总是那么无私地占据着我们每一个心灵,只要我们愿意,就会看到它的巨大力量。

文 王连波

爱 心 链 文 沙 波

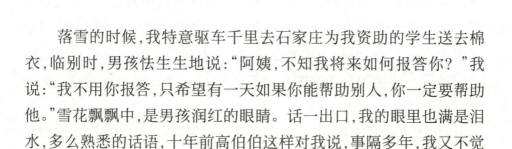

爱心的传递多像是在编织一条美丽的项链,它串起了一个个萍水相逢的人,在漆黑的路上给人以光明,相互照耀温暖整个人生。

落雪的时候,我特意驱车千里去石家庄为我资助的学生送去棉衣,临别时,男孩怯生生地说:"阿姨,不知我将来如何报答你?"我说:"我不用你报答,只希望有一天如果你能帮助别人,你一定要帮助他。"雪花飘飘中,是男孩润红的眼睛。话一出口,我的眼里也满是泪水,多么熟悉的话语,十年前高伯伯这样对我说,事隔多年,我又不觉说给另一个人。

有时候一件事或是一个人能够改变你的一生。

15年前,我从北方的一个小城来天津读书,临毕业时我去疗养院探望一个朋友,认识了同病房的高伯伯。他问我:"毕业分到哪儿去?"我说:"我已经考进一个大公司,但是要交3000元的跨省费,也许还会回家。"3000元当时是爸爸一年多的工资,我不想再增加家里的负担。高伯伯说:"有机会留在大城市一定不要错过。如果是经济方面的困难,我来帮助你,孩子,失去了机会,你会后悔一辈子的。""谢谢您,那算我借您的,以后我一定会还给您。"伯伯笑笑不语,那时正值春寒料峭,我的心却像一团火在燃烧,萍水相逢却给了我改变命运的帮助,事隔多年依然温暖我心。

这样我顺利地进入了一家外资公司,到那年的春节我已攒了1500

元,我去看高伯伯,我说:"我先还您一半,余下的钱可能会晚一些给您,因为我要继续上学。""孩子,我帮你不是要你还给我,也不需要你报答,只希望有一天如果你能帮助别人,你一定要帮助他。"

高伯伯平日沉默寡言,除了他住在疗养院,我对他的生活一无所知。后来我去外地工作了几年,回来时高伯伯已不知下落。

去年我在一个招商会上偶然看见一个名片,集团的名字和高伯伯的是一样的,我好奇地打去电话,真是高伯伯的公司,原来他是津城著名的私营企业家。

多年未见,高伯伯已是满头白发。未曾开口,我先递上1500元钱,"高伯伯,这是我欠您的钱。""孩子,你有欠我的钱吗?""是的,这一直是我的心病,我欠您的太多。""好吧,既然是孩子的心意,我就收下吧。"1500元对于今天已是千万富翁的高伯伯也许微不足道,却依然是我半个月的工资,但我一定要还给他,因为诚信无价。高伯伯说他的公司从很小发展到今天靠的是诚实、信用,一分钱和一万元的业务一样重要。

我告诉高伯伯我资助了一个和我一样来自长白山的学生,他很高兴,他说当年他是靠着村里人一勺米一个鸡蛋的积累才得以完成学业,这份淳朴的感情让他一生受益无穷。他说人在世上,相识是种缘分,能够帮助别人是种快乐,宏里看世界,微处去做人。

一件事可以温暖一个人的一生,我真切地感受到,我也把它送给另一个人。爱心的传递多像是在编织一条美丽的项链,它串起了一个个萍水相逢的人,在漆黑的路上给人以光明,相互照耀温暖整个人生。

爱心传递是编织一条美丽项链的过程,他会为我们串联起人生的每一次感动,串联起人生中我们遇到的一个个萍水相逢的人。只要有爱,只要爱在传递,我们的人生道路就不会漆黑,我们的人生旅途就会充满温暖。

文 王连波

远远的大哥最近的爱 文 缠枝莲

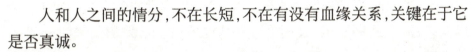

这次,我是真没坚持住,我叫了一声,大哥——他把我紧紧搂在怀里,哥等这句话,等了快20年了!

人和人之间的情分,不在长短,不在有没有血缘关系,关键在于它是否真诚。

大哥在我们家的地位很尴尬。我们是同父异母的兄弟,10岁之前,我不知道自己还有一个大哥,那天一个人的敲门声让我家的晚饭停了下来。

进来的是一个十七八岁的少年。他穿着极短的裤子,因为短,更显出身子的长,上衣也短,刚刚盖住腰带。我和妹妹转过头去看他,他的两只脚并在一起,绿色的胶鞋上有泥土。父亲一见他就一下子站了起来:"小强?""爸爸。"他张了嘴。我和妹妹瞪大了眼睛,爸爸?

妹妹哭了起来,你凭什么管我们的爸爸叫爸爸?我的眼睛也瞪着他,好像自己的什么珍贵东西被人分享了。

那是个极其难忘的夜晚,父母的争吵隐隐地传来,很压抑,尽管他们努力让声音更小一些,可我们还是听到了。

不是离婚了吗?那还牵牵扯扯的!

这不是有特殊情况吗?她得了绝症,我不能不管孩子!

那你去管他们娘儿俩吧!

事情不是你想象的那样……

　　爸爸离过婚？我和妹妹在小床上吓得不行,隔壁住着的那个男孩儿,一个穿着旧衣服的男孩儿,他是爸爸的儿子吗?

　　后来我慢慢弄清楚了,小强是我们同父异母的哥哥。20年前,父亲在那个村子里当知青,有个女孩子爱上了他,于是他们结婚了。不久,父亲进城上大学,她提出了离婚。父亲蒙头大哭,他自然知道她是为什么要求离婚的,为了父亲的前程,这个女子提出了离婚。

　　父亲当时并不知道她已经怀孕了,几年之后他偶尔听说她有了孩子,一个人带孩子过。父亲回了一趟黑龙江,结果他看到了大哥,和他如一个模子刻出来的。

　　父亲抱着孩子大哭,那时他又结婚了,妻子就是我的母亲,一个高干子女。不久,有了我,过两年,又有了妹妹。

　　那个少年,是穿着新衣服走的。父亲让我们叫他大哥,我们一声也没叫过,在我们心里,我们是不承认他的,何况,他的到来让母亲十分不悦。

　　他带走了家里的1万块钱。母亲与父亲大吵了一通,说这日子没法过了,一家养着两家。我们也特别恨那个雨天来的少年,是他打破了我们家的平静,我不希望再看到他。

　　当然,我也不承认他是我的大哥。

　　再次看到他是10年之后,我在北京上大二了,他已经是快30岁的人了,他又来了,这次,是带着很多的玉米面、红枣、小豆、小米之类的东西来的。

　　东西在地上堆了一堆,多了的,还有一个三四岁的孩子。

　　叫爷爷,他说。

　　叫二叔。他指着我。

　　小姑,说的是上高三的小妹。

　　大家都很冷漠。他结婚了。下岗了。他的母亲于5年前去世了。他的妻,是乡里一个搞美容美发的女孩儿,3块钱理一个发,挣不了多少钱。"前几年家里闹了洪水,把房子冲坏了……"他还要接着说下去,

被母亲打断了,还要钱? 1万块? 这日子真没法过了!

他的脸上讪讪的,不是,不是。他解释着,脸有些红了,局促中,他不知道应该怎么表达。长大了一些的妹妹,拉着他儿子说,来,让小姑姑看看,这才解了围。他的儿子长得像他,很是可爱。长得像他,当然就像父亲了。父亲拉着小孙子的手说,老了老了。

这次他来,是想让父亲帮他在北京做个小买卖,他说村子里的人在北京开小吃部发财的有的是。父亲低头想了一会儿说我想想吧。

大哥就这样做起了小买卖。他在木樨地附近开了一个小吃店,把老婆孩子全接了来,日夜地忙,全是些地道的东北菜。他花了几万块钱把那个店盘下来时,高兴地要请我们吃饭。大家没有给他面子,觉得他没什么钱,能去什么好地方吃饭。母亲更是说,透着没知识没教养,这样的人还是少来往好一些。

他却并不在意,仍然来,把那些做好的东北菜带来给我们吃。那些菜,除了父亲是没有人吃的,父亲在东北插过队,爱吃东北菜,东北乱炖、杀猪菜、猪肉炖粉条……他做得不错,父亲过一段时间吃不到就说,你大哥老没来了吧? 我们就不言语。在我们心中,是没有人把他当大哥的,对他好的只有父亲。父亲是偷偷给过他钱的,这我知道,有一次父亲送他出去,我也出去了,他们正推推搡搡的,手里是一个纸包,他到底没有要。父亲叹息了一声说,唉。

他太实在,所以,上了当。那个饭店急于低价转给他是因为要拆迁,他做了没几个月就让拆了,钱没赚到几个,反而赔了。后来,我去车站送同学,看到他又开始蹬三轮,把站里的货拉出来,光着膀子,特别能干。我看了他好久,发现自己有点儿心酸……这时,我已经申请到美国一所大学的全额奖学金了,而他还在为生计奔波着。

妹妹也要去国外读书了,是母亲给她联系的学校,家里一下子空了,而父亲的身体越来越不好了,糖尿病高血压,母亲的心脏也出现了早搏,我怎么可以放心走呢?

父亲说,走吧,还有你大哥呢。

母亲嚷着，算了吧，他来，还不是看上了这份家业？别和穷亲戚来往了。

穷亲戚？父亲动了怒，他是我儿子！

临走前，我去找了他，那是我第一次去他家，一个简易到没法再简易的小平房，生着炉子，因为冷，玻璃上结了冰。他看到我，不相信地说，小宾？快进来，说着握住我的手，屋里有客人，他得意地说，我弟弟，要去美国留学，棒吧？

那一刻，我心里有点发酸。他张罗着给我洗水果，倒茶，手有些哆嗦，生活的磨砺让他看起来比实际岁数要大。

我要走了，爸爸……

你不用管了，交给我吧。

还有妈妈——我担心他记恨妈，妈的身体也越来越不好了。

都交给我，爸的亲人就是我的亲人，放心读书吧，咱老陈家出个留学的，哥说出去祖上都光荣呢。

这次，我是真没坚持住，我叫了一声，大哥——

他把我紧紧搂在怀里，哥等这句话，等了快20年了！

几年后我回国探亲。

让我吃惊的是家里的巨变。是大哥开着一辆二手夏利去机场接的我，他又开了饭店，不几年就赚了钱。

咱妈非让买，她添了钱。

我更吃惊了，到家才发现，小侄子正和妈玩得欢，大嫂正在厨房里忙着做饭。母亲看起来春风满面，父亲的脸色也不错，这一切是如何改变的？

原来，我走之后，母亲就出了车祸，腿和腰都撞坏了，家里一下子全乱了。母亲根本不能翻身，大嫂事无巨细，端屎端尿间感动了母亲，而大哥更是三天两头往这儿跑，里里外外全打点了起来。母亲病好以后，下了命令：千万搬回家住，这个儿子和媳妇，我是认了！

她亲自出面，为大哥找地方开饭店，当然，还出了启动资金，让大哥的孩子上了最好的小学,她亲自接送,一家五口三代人,过得其乐融融。

这是我没有想到的结局,也是父亲没有想到的。当然关键还有一个人,那就是大哥。

临走时,我请大哥出去吃饭,我说,谢谢大哥。

大哥给我一掌说,想让我揍你了,一家人说两家话?快给我读完博士,好好在美国混,咱爸咱妈交给我了,放心去吧。

走的时候,大哥递给我一个纸包,是1万块钱。我推了又推。大哥说,别跟我见外,叫了这么多年大哥,就应该花哥的钱,花了,哥就高兴了。哥没有亲人了,你们就是我的亲人!

我又哭了。大哥骂我说,别哭了,不像我兄弟,说着挥着手往外走。我看着他的背影,快40岁的大哥,初现了中年男人的微胖,走路一耸一耸的,很难看,他的肩一高一低,他的手在脸上一抹一抹的。

大哥,我心里叫着他,眼泪,就那样不听话地又流了下来。

关爱心语

"人和人之间的情分,不在长短,不在有没有血缘关系,关键是它是否真诚。"文章最令人感动的就是"大哥"对人的真诚,他让"我"感受到了最亲近的爱。世界上最贵重、最震撼人心的东西就是爱,爱是任何东西都无法替代、无法衡量的,爱会拉近你我之间的距离。

文 林 源

看园人 文 胡 英/编译

"好了，"爸爸说，"本尼是自己把自己逼进了死角，我打算给他个台阶下。我想用这个办法他不会拒绝我，而且他自己看的菜他肯定不会再偷了。"

我的父母都是匈牙利裔的移民，很会摆弄花草，我们全家十口一日三餐都靠家里那个大菜园子出产。妈妈将园里大部分的蔬菜储藏起来备作过冬之用，爸爸则把马铃薯和卷心菜卖给本地的商店和中学。我家的园子也成了四邻街坊的骄傲。

有一年夏天，我们遇上了一件麻烦事，有人从我家园子里偷蔬菜。爸妈感到很吃惊。"我真搞不懂，"爸爸说，"要是谁想要咱们的菜，打声招呼就行；买不起的话，不付钱拿去也可以呀。"

后来一位邻居悄悄告诉我们，有人看见住在我家不远处的一个老光棍本尼在邻近镇上卖菜。没过多久，爸妈就查出了线索。本尼自己没有园子，所以他卖的菜显然来自别人家的菜园。

本尼没有稳定的工作，栖身一间在我看来破陋不堪的小屋里。爸妈猜想他拿我家的菜是想赚点额外花销。爸爸决定用他自己的办法解决这件事。

"我想正式雇佣本尼。"爸爸宣布。

"什么？"妈妈大声叫道，"约瑟，我们没那么多钱。再说了，为什么偏偏要雇那个偷咱们蔬菜的人呢？"

爸爸只是笑着说："相信我，玛丽，我有个计划。我想雇他看守咱们的园子。"

妈妈摇着头说:"什么?这就像请狐狸看鸡窝。我真搞不明白。"

"好了,"爸爸说,"本尼是自己把自己逼进了死角,我打算给他个台阶下。我想用这个办法他不会拒绝我,而且他自己看的菜他肯定不会再偷了。"

爸爸去找本尼谈工作的事时,本尼显然吃了一惊。爸爸处理这事游刃有余。

"本尼,"他说,"有人一直在从我家园子里拿蔬菜,大概是些小孩子吧。我想请你去帮我看园子,不知你愿不愿意?"

本尼支支吾吾,不置可否,爸爸又向他解释说,他可以每天和我们共进晚餐(妈妈的厨艺是远近闻名的),他答应了。

不用说,第二天就没再发生丢菜的事了。本尼夜里是否警醒不寐并不重要,事实证明爸爸的计划奏效了。我家没再丢菜,本尼也得到了一份工作。我以为我家不会给他多少钱的,但本尼还是得到了他的酬劳。有了工作也使本尼自信大增。

事情进展得比爸爸料想的还要好。每天早晨,本尼履行了看园的职责,小睡之后,他会花点时间吃早饭,然后就跟着我们在菜园里四处转悠。

本尼开始喜欢上栽花种菜的事了。他会问些诸如此类的问题:"这些胡萝卜为什么要种在这儿?这边的豌豆怎么会比那边的长得快?"

爸妈对他的问题总是不厌其烦地一一作答。后来,爸爸提议说:"你看,本尼,播种季节就快过去了,不过我会带上马队去你那儿,帮你耕出一片好地来,明年春天你就能种上自己的菜园了。"

"你真打算这么做吗?"本尼问道。

"当然,"爸爸回答说,"邻居就是派这个用场的。"

第二年春天,本尼的园地已经彻底翻挖耕耘过,就等着播种了。爸妈又送给他各种用得上的种子:玉米、豌豆、南瓜、马铃薯,等等。本

尼对园艺的领悟力很强，好像他原本就是农夫似的。

一天，我们开着家里那辆破旧的老爷车路过本尼家，爸爸放慢车速，指着本尼的园子说："你们看到了吗？他种的甜玉米比咱们种的还好呢。现在他整天忙着种园子，没空帮我们看园了。当然，咱们也不再需要看园人了。"

与其用篱笆隔断菜园，不如给别人一条道路。"授人以鱼，不如授人以渔"，本尼的改变就证明了这一点。在处理本尼这件事上，爸爸表现出来的大度机智，表现出来的爱心，都是值得我们学习借鉴的。给爱心一条出路，它将会回馈你一个灿烂的春天。

弟弟的爱 文 老 轻

我终于没能留住弟弟。我送他上了长途车。车开了，我跟在后面跑着，看到弟弟在里面向我挥手。车开得越来越快，我却不想停下来。我知道，十几年前那个跟在卡车后面跑的孩子，其实应该是我。

每当我坐在全市最豪华的写字楼里，看着街道上忙忙碌碌的人们，都会有种特别的感觉。谁能想到，不过才十几年，我就从一个山沟里背着干粮上学的孩子，变成这家独资公司的白领，开着新买的"赛欧"，西装革履地出入高级场所。而这一切，其实都源于一场灾难。

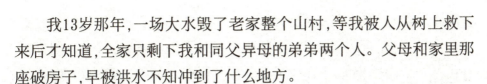

　　我13岁那年,一场大水毁了老家整个山村,等我被人从树上救下来后才知道,全家只剩下我和同父异母的弟弟两个人。父母和家里那座破房子,早被洪水不知冲到了什么地方。

　　我感到了前所未有的绝望。以前虽然家里穷,但是我学习好,完全有可能到大山外面去上学,然后飞出这个穷地方。可现在一切都破灭了。而我那个同父异母的弟弟,从小就粗野鲁莽,不爱学习,却因为后母的偏心能得到更多疼爱。我一直不喜欢他。

　　不久,乡干部带来一个中年人,说是父亲的一个远房弟弟,我们的叔叔。我感觉一下有了希望,叔叔一定会把我们带出去。谁知,叔叔却说自己家没有多大的能力领养我们兄弟俩,只能带一个走。我心里刚燃起的希望一下又破灭了。弟弟长得又高又壮,假如让叔叔挑选,八成不会选我。可第二天,叔叔却给弟弟留下一点儿钱,要带着我走。弟弟哭着跟我们走到村口,我也哭了,可自私的心让我不敢回头去看,我害怕叔叔会改变主意。

　　卡车开动了,透过灰蒙蒙的后窗,我看到弟弟跟在后面边哭边跑。卡车越开越快,他的身影也越来越小,最后终于看不见了。

　　跟着叔叔到了省城,日子过得并不好。虽然他家没有孩子,可是婶子经常在家里指桑骂槐。不只是我,叔叔也一样整天被她骂。不管怎样,我都一直忍着,只要能让我上学。

　　我终于顺利考上了北京一所重点大学,因为成绩优秀,还没毕业就被现在的独资公司抢先聘用。很快,我在市中心按揭贷款买了一套大房子。那时婶子已经去世,我把叔叔接了过来。

　　就在我对生活充满希望的时候,弟弟突然出现了。当我看着眼前这个穿着黑棉袄,满脸胡子,已经完全成了农民的弟弟时,心里忽然涌起很多愧疚。虽然这么多年我没怎么想起过他,可看到现在俩人的差距,我还是觉得对不起他。

　　弟弟住下了。

　　他吃饭时蹲在地上,说话扯着大嗓门,并把我刚装修的家搞得一

塌糊涂。最糟糕的一次，我喜欢的一个女同事来家做客，他居然盯着人家看半天，还一边傻笑，吓得那女孩夺路而逃。第二天，全公司都知道我有一个山里来的兄弟。而那个女孩再也不肯答应我的约会，她说她无法想象和有这样一个弟弟的人交往。

我意识到，自己已无法再习惯有一个弟弟，更别说是这样一个弟弟。于是我问叔叔，弟弟打算什么时候走。可叔叔却告诉我弟弟这次来不准备走了。我忽然想起，叔叔家以前的老房子现在正是开发商眼热的地带，听说可以卖很大一笔钱。难道叔叔要把旧房子分给弟弟？我准备和弟弟好好谈谈。

谁知还没等我开口，弟弟说话了："哥，俺这次来，是叔让俺来的。说要分给俺一套房子。"我心里"咯噔"一下，果然让我猜对了。弟弟继续说："俺没想着要那房子，本来俺也不想来，可心里想着你，这10来年，俺从没忘了你，心里想着咱哥俩怕是再也不能像从前那样了。"说着，满脸胡子的弟弟居然有些哽咽："俺也看出来了，你不喜欢俺……俺过两天就走啦。"

弟弟的话一点儿都没让我感动。我只是想，假如他留下，家里还会这样乱下去，我还要给他找工作，娶媳妇，而且，叔叔的旧房子还要分一半给他……于是我没接弟弟的话茬儿，心里想着只要他离开，我宁肯给他一笔钱。可叔叔坚决不让弟弟走。我连反驳的理由都没有，叔叔什么都给了我，比起弟弟，我的命运已经好太多。

由于叔叔的挽留，弟弟终究没有回去。不过他不再像开始那样和我说话了，谁都能看出来我对他的抵触。每当看到他蹲在地上吃饭，在花园里晒太阳抓虱子的样子，我就生出一种厌恶的感觉。

我决定再和弟弟谈。同样，没等我开口，弟弟却说道："哥你不用说，俺就要走了。这阵子也麻烦你了，现在天冷了，俺……"没等他说完，我马上接着说："没问题，给，这是2000元钱，你拿上，回家买几吨煤，花完了再找哥要。"弟弟说什么都不接，我以为他嫌少，又添了1000元，可他依然不接。我越发相信他是为了那旧房子，于是拉下脸说:"你怎么这样! 哥挣钱也不容易,就算你嫌少,我也得慢慢给你才对。"

弟弟的脸一下涨得通红,不认识一样看着我:"你说啥呢哥,俺不是嫌少,俺是嫌你把俺当外人。"我随口说:"你不就是想着那套旧房子吗! 我知道你这次来是想分拆迁费,告诉你,那钱没你的份!"

弟弟瞪大了双眼看着我,满是风霜的脸上一片愕然。听到争吵声,叔叔走过来,用哆嗦的手指着我:"你,你简直是浑蛋,你怎么能这样说你兄弟! 你不该这样啊,你们是哥儿俩,他在老家已经够苦的了,这么多年一次都没找过咱们,你不觉得有愧吗?"

我自知理亏,只好硬着头皮说:"这是各人的命运,我也不想这样。"

叔叔再次气得喊道:"各人的命运? 我告诉你,当年我去找你们的时候,根本没想带你回来,是你兄弟说你身体差,吃不了苦,非让我带你走不可。现在你居然这样对待他!"

我呆在那里,一下想起多年前弟弟在车后面跟着跑的情景。叔叔指着我的鼻子继续骂:"这么多年,我一直想把你兄弟接来,可他不干,说怕连累你。告诉你,那套旧房子就该是他的,你想都别想!"

自己的私心被戳穿,我从后悔变得恼羞成怒,也喊道:"我是你的养子,那房子就该是我的!"叔叔挣脱弟弟的拉扯继续喊:"他是我亲侄子,比你亲!"

我吃惊地愣在那里。叔叔继续说:"你根本不是你爹亲生的,你是他第一个老婆带来的! 论到天上我也不该把你兄弟扔在老家,你和我们家没一点儿血缘关系!"

房间里死一般地静。我只觉得血液全部涌到头上,小时候婶子骂我的话在耳边回响起来:领回个白眼狼,不知道什么时候养大就跑了!

叔叔渐渐平静下来。弟弟蹲在一边抽着烟说:"哥,俺也是后来才知道你不是俺亲哥,可俺一直当你是亲哥。"他站起来对叔叔说:"算

了,俺还是走吧,俺哥有文化能挣钱,以后全靠他给你养老啊。"说完,他从腰里拿出一个布包:"这些年俺赶大车拉石头挣了钱,俺不缺钱,这1万块钱给叔吧,俺哥起早熬夜的,挣钱也不容易。"弟弟说。

我流着泪扑过去,一把搂住了弟弟……

我终于没能留住弟弟。我送他上了长途车。车开了,我跟在后面跑着,看到弟弟在里面向我挥手。车开得越来越快,我却不想停下来。我知道,十几年前那个跟在卡车后面跑的孩子,其实应该是我。

你有什么珍贵的东西被时间锁起来了,你找啊找,寻找那个相配的钥匙,可就是找不到,最后你发现,被时间锁住的东西还是要等时间才能打开。文章的最后,当哥哥知道自己这么多年来的幸福全来自弟弟的"让"与"爱",哥哥由开始的恼羞成怒变成后来的流泪感动,他醒悟了。原来,人只有在看到自己的伤口时,才知道什么是痛。

文 谢丽梅

请帮助别人吧 文 金铃子

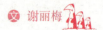

他们像实现自己的诺言似的,帮助另外10个人,同时也拜托那些受到帮助的人再去帮助10个人。就这样,一个爱心的无形之网在该市悄悄地展开了……

这是发生在德国的一个真实感人的故事。2003年母亲节,节日的

温馨气氛点燃了伊特洛孤儿院孤儿德比对母亲的思念。电视机内一个6岁的小男孩在帮父母修剪草坪,德比对修女说:"我也想帮我父母干活!你知道他们在哪里吗?"修女沉默。德比伤心地跑到街上,街上有那么多母亲,可没有一个母亲是他的。

几个月后,9岁的德比到附近一所小学读书。一次课上,老师给学生们讲了一个故事:"从前有个皇帝,他爱上围棋游戏,决定嘉奖这项游戏的发明者。结果发明者的愿望是让皇帝赏他几粒米,发明者要求在棋盘上的第一格放上一粒米,在第二格放上两粒米,在第三格上加倍至四粒……依此类推,直到放满棋盘。结果皇帝总共应赏给发明者1800亿万粒米,总数相当于全世界年产米粒总数的十倍。"

这个故事让德比的眼睛顿时亮了。他想,如果他帮助一个人,再请这个人帮助另外10个人,以这样递加的方式传递爱心,也许终有一天受帮助的那个人就会是自己的妈妈。这个念头令德比兴奋异常,此后他每帮别人做一件好事,别人感谢他时,他总会说:"请帮助另外10个人吧,那就是对我最大的感谢!"

那些受到德比帮助的人对这个善良的孩子充满感激,更对德比这种特殊的传递爱心的方式感到震撼。他们像实现自己的诺言似的,帮助另外10个人,同时也拜托那些受到帮助的人再去帮助10个人。就这样,一个爱心的无形之网在该市悄悄地展开了……

德比想不到自己竟然帮助了德国著名的节目主持人瑞克,并成了德国的名人。瑞克是德国电视台的资深脱口秀主持人。也许是因为激烈的竞争和工作的压力,2003年瑞克患上了忧郁症,于是他向电视台请了长假。不久,瑞克旅游到了德比所在的城市,傍晚时分他独自沿着河边散步。突然他心脏病发作昏倒在地,多亏在河边钓鱼的德比及时把他送到诊所急救。瑞克苏醒了,他万分感激地说:"孩子,我该怎么感谢你,如果你需要钱,我可以给你很多钱。"德比摇摇头说:"如果你能帮助10个需要帮助的人,就是对我最大的感谢!"瑞克不解地问:"可是你真的什么都不要吗?"德比笑着摇头拒绝了。

瑞克此后认真履行诺言,帮助了10个人。每次帮助别人,他都觉得心里非常快乐,尤其是当别人对他真诚地说一声"谢谢"时,他觉得自己的生命特别有价值。他结束了本来还有大半年的假期,提前回到了工作岗位。所有的同事都惊讶地发现瑞克变了,他变得乐观豁达,乐于助人了。10件好事产生的魔力改变了瑞克,他的忧郁症就这样好了。2003年12月1日是瑞克的脱口秀节目重新开播的日子,节目中瑞克对观众讲述了10件好事的魔力。最后他说:"请你也去帮助10个人,你的生命将会产生一种奇妙的感觉。"

人们被这个故事深深触动。2004年1月,德比被请到了演播室。有观众问他:"你为什么会有这种想法呢?"德比道出了自己的想法,很多现场观众都热泪盈眶,所有人都被小男孩那种对母亲最深沉的爱震撼了! 整个德国掀起了一股"做10件好事"的热潮,昔日冷漠的人们变得有人情味了,人们都盼望自己所帮助的那个人正是德比的母亲。电视台加紧了对德比母亲的寻找,然而德比的妈妈却迟迟没有出现。

2004年2月,一件不幸的事发生在这个少年身上。德比在回学校的路上,被一群小流氓围住,他们在德比的身上没有找到钱,于是恼羞成怒地用匕首将德比刺伤。在医院里,昏迷中的德比一直在喃喃呼唤:"妈妈,妈妈……"电视台24小时转播德比的病情,所有关心德比的人都在祈祷他能苏醒。德国的几十个大学生来到亚历山大广场,手挽手连成一颗心形,大声呼唤:"妈妈,妈妈!"这呼喊声感动了路人,后来有更多的人加入,这颗心越来越大。更为动人的是,德比被刺后两小时内电视台接到几百个女人的电话,她们纷纷表示愿意当德比的妈妈。可是德比只能有一个母亲,电视台同意让朱迪做德比的母亲,因为她就住在德比所在的城市,而且口音和德比相同,会更有亲切感。

2004年2月17日早晨,昏迷多时的德比睁开了眼睛,朱迪捧着一束美丽的百合花出现在德比的床边,握着他的小手说:"亲爱的德比,我就是你的母亲。"德比的眼睛突然亮了,他惊讶地说:"您真的是我的母亲吗?"朱迪含着泪用力地点点头,在场所有的人也都朝德比微笑着点头。两行热泪从德比的眼睛里滚落:"妈妈,我找了你好久啊,请你再也不要离开我,好吗?"

朱迪点点头,哽咽道:"放心吧,妈妈再也不会离开了。"德比苍白的小脸上露出了笑容,他还想说更多的话,可是已经没有力气。2004年2月18日凌晨2点,德比闭上了眼睛,永远离开了人间,他那只握着"母亲"的手的手一直没有松开。

 关爱心语

如果把帮助一个接一个不断地传递下去,总有一天,这些帮助会围成一个圈,每一个人都会在给予别人帮助的同时得到帮助。帮助可以传递,善良可以传递,如果我们想要围成一个温暖闪光的圈,那么就把心中的爱传递给他人吧!

 文 采 露

改变一生的闪念 文 李阳波

女孩轻轻地摇着头说:"我说不清楚,也许就会去做傻事,甚至去死。"

这是我老师告诉我的故事,至今还珍藏在我心里。

多年前的一天,她正在家里睡午觉,突然电话铃响了,她接过来一听,里面传来一个陌生粗暴的声音:"你家的小孩偷书,现在被我们抓住了,快来啊!"从话筒里传来一个小女孩的哭闹声和旁人的呵斥声。

她回头望着正在看电视的唯一的女儿,心中立刻明白过来,肯定

是有一个女孩因为偷书被售货员抓住了,而又不肯让家里人知道,所以胡扯了一个电话号码,却碰巧打到这里。

她本可以放下电话不理,甚至也可以斥责对方,因为这件事和她没任何关系。但通过电话,她隐约设想出,那是一个一念之差的小女孩,现在一定非常惊慌害怕,正面临着也许是人生中最尴尬的境地。犹豫了片刻之后,她问清了书店地址,匆匆忙忙地赶了过去。

正如她所料的那样,在书店里站着一个满脸泪痕的小女孩,而旁边的大人们,正恶狠狠地大声斥责着。她一下子冲了上去,将那个可怜的小女孩搂到怀里,转身对旁边的售货员说:"有什么事就跟我说吧,我是她妈妈,不要吓着孩子。"在售货员不情愿的嘀咕声中,她交清了罚款,领着这个小女孩走出了书店。

看着那张被泪水和恐惧弄得一塌糊涂的脸,她笑了笑,将小女孩领到家里,好好清理了一下,什么都没有问。小女孩临走时,她特意叮嘱道,如果你要看书,就到阿姨这里来吧。惊魂未定的小女孩,深深地看了她一眼,便飞一般地跑掉了,从此再也没有出现。

一晃十几年过去了,一天中午,门外响起了一阵敲门声。她打开房门后,看到了一位年轻漂亮的陌生女孩,满脸笑容,手里还拎着一大堆礼物。"你找谁?"她疑惑地问。但女孩却激动地说出了一大堆话。好不容易,她才从那陌生女孩的叙述中,恍然明白,原来她就是当年那个偷书的小女孩,如今已经大学毕业,现在特意来看望自己。

女孩眼睛里泛着泪光,轻声说道:"虽然我至今都不明白,您为什么愿意充当我妈妈,解脱了我,但我总觉得,这么多年,一直好想喊您一声妈妈。"老师的眼睛开始模糊起来,她有些好奇地问道:"如果我不帮你,会发生怎样的结果呢?"女孩轻轻地摇着头说:"我说不清楚,也许就会去做傻事,甚至去死。"老师的心猛地一颤。

望着女孩脸上幸福的笑容,她也笑了。

关爱心语

其实，往往是因为我们的自私，才会伤害到最亲的人。假如接到电话的老师对这个女孩不管不问，后果将会怎样呢？也许女孩真地会去做傻事。勿以善小而不为，老师的平凡举动，改变了孩子的命运，在孩子心中，有一道温和的阳光，这阳光随着时间的流淌，历久弥新。

文 王连波

为了尊重，不谢幕 文 陈洪娟

他们不谢幕，不是因为不懂得尊重观众，而是为了不把自卑的阴影像尘埃一样落在那个腿脚不便的同伴的心灵上。

我应邀担任某校园艺术节的评委，观看了一台精彩的文艺演出。而最令我感动的是那曲没有谢幕的二胡演奏。

当红色的幕布徐徐开启，10个手执二胡的少年已经端坐在舞台中央。琴声渐起，他们为大家演奏的是二胡名曲《赛马》。时而悠扬、时而激昂的琴声，把草原上万马奔腾的气势表现得淋漓尽致。

演奏结束了，全场观众报以雷鸣般的掌声。按照惯例，这时候，演奏的小演员应该起立向观众鞠躬谢幕，然后依次退场。可是这群小演员却端坐不动，只是报以灿烂的笑容，直到幕布徐徐拉上。这时，我听到观众席上传来阵阵骚动，评委之间也有人交头接耳。

《赛马》以0.1分之差屈居第二。我很替他们惋惜，如果不是因为

谢幕出了问题,他们完全有实力拿第一。

回后台的时候,我正好碰到他们的指导老师,我很坦诚地说出了我的想法,并不客气地向她指出:"作为一名指导老师,不仅要教会孩子高超的琴艺,还要让孩子懂得尊重观众。"指导老师笑笑说:"我是这样教过孩子,而且以前我们也一直在演奏结束后向观众鞠躬致敬。"

"那为什么现在不这样做呢?"我疑惑不解。

指导老师用手指指坐在化妆间门口的一个孩子说:"看到那个孩子了吗?去年因为车祸他右腿残疾,身体恢复以后坚持参加演出。每次演出结束谢幕,他都努力坚持起立向观众致谢,但有很多次都站不稳,尤其是退场的时候,他不能像其他孩子一样健步走下舞台。为了不让他感到尴尬和自卑,所以我们决定,只要有他参加演出,我们就不用谢幕。虽然我们因此错失了冠军,但这样的做法我们不会改变。"

听着指导老师的话,我忽然心生感动。他们不谢幕,不是因为不懂得尊重观众,而是为了不把自卑的阴影像尘埃一样落在那个腿脚不便的同伴的心灵上。在他们的心里,比任何人都懂得"尊重"!

 关爱心语

正如老师说的那样,基于对男孩的一种尊重才不谢幕,可见细微之处老师的用心之深。是啊,尊重别人的灵魂,敬重别人的"隐痛",是一种更深的关爱。愿我们也牢牢记住,我们对别人的尊重,任何时候都不能"谢幕"。

 文 王连波

第3辑

友好的陌生人

饥渴的特里去咖啡店买饮料，然后和一个陌生人聊了起来，忽然他觉得当对方把心事掏给自己以后，真不该再称对方为陌生人了。当特里聊完后向门口走去时，心里感到就像刚刚跟老朋友畅谈过一样，可是却连他的名字都不知道……

我们时时都在面对陌生人，尽管我们并不了解他们的身份和来历，但如果我们能坦诚相待，从他们的言谈和劝告中，我们获得的不仅仅是一份温情，更多的是一些生活的真谛和人生的意义。

看别人的报纸 文 毕淑敏

也许,给其他人提供方便就是对为自己提供方便的人的最好感恩与回报。

透露一个小秘密——我在地铁上常常看别人的报纸。我是那样喜欢看报,但是报纸是买不齐的。纵是有那个经济实力,买来了也没有地方放。地铁上五行八作的人都有,手擎各式各样的报纸,一眼扫过去,大标题的内容就八九不离十了。没有意思的,就淡淡放过去。感兴趣的,就细细记住报纸的名字,到了我下车的站台,自己也买上一份。

有时候报上的内容太吸引人,忍不住,就像凿壁借光的小童,凑着人家的报纸看起来。一般说,我看字的速度比别人快(不习惯细嚼慢咽)。报纸的所有者还在优哉游哉地浏览时,我早已寻觅新的窥测对象了。

也有赶不上趟的时候,多半是因为我还没有上车的时候,主人已经开始攻读,我这个插班生自然撵不上进度。这种关头便有些尴尬。我还没有看完,人家已哗啦啦像掀门帘似的把报纸翻了过去,留下一头雾水的我,怀着难以遏止的好奇心,怔怔地站着。只盼望地铁快快到站,我好买来报纸,知道那上面业已刊出的"下回分解"。

有一次,我只顾自家细细地看,只觉得报纸也越看越顺眼。因为平时看人家的报纸,都是斜起眼睛,好像是落枕似的梗着脖子,此刻倒好像有人举案齐眉地端端托给我看。一口气看完了，才顾上抬头看看报纸的主人。那是一位鬓发苍苍的老翁，微微冲我一笑，将托报的青筋脉脉的手缩了回去，很仔细折了报纸，放进呢子风衣口袋……

我这才知道，那一版他早就看完了，只是为了等我，才一直举着报纸。

关爱心语

有时候，方便别人，只是举手之劳，我们何乐而不为呢？当你乘坐公共汽车时，你会让座吗？给有需要的人让座，我们只要动动身子就行了。动动身子，换来的是感激；脚步难移，换来的将是蔑视。当你需要别人帮助时，可能得到的也是别人的无动于衷。所以，无论对什么人，我们都要心存感激，力所能及地帮助别人。

文　李林荣

省城有我一个朋友 文 沈贵叶

感恩朋友，不需要钱财的给予，只需要在日常生活中对他多一点儿关怀，对他的好意不嫌弃，那就是对他最好的回报方式了。

大伯在省城一个小区做清洁工。大伯每天先把垃圾捡拾一遍，找出瓶子和纸片之类能卖的东西，然后把垃圾桶里的垃圾装到垃圾车里，散落在垃圾桶外的垃圾也小心翼翼地扫起来装上车。

一次，大伯在清理垃圾桶的时候，发现了一个方便袋，方便袋里装

了一个崭新的皮包。大伯清理完垃圾送到垃圾中转站后，又匆匆回到楼道口。大伯坐在楼道口等的时候，打开了包，里面有几个小本本，小本本里面有几张卡之类的东西。大伯不认识字，但他觉得包里的东西肯定是哪家错当垃圾丢掉的。眼看天黑了，大伯正着急的时候，从楼上下来一个三十多岁的穿花裙子的女人。花裙子急急忙忙地奔向垃圾桶，一看垃圾桶是空的，脸色一下子就变了。大伯小心翼翼地问："小姐，你是不是丢什么东西了？""我的包被小孩子装到方便袋里当垃圾丢了，你看到了没有？里面有我的身份证、信用卡、银行卡，值钱的东西都在里面呢。""你看是不是这个？"大伯举起手中的包。花裙子接过包，立马点头道："是这个包，太感谢你了！"说着掏出200块钱，硬往大伯手里塞。

大伯头摇得跟拨浪鼓似的，连忙说："不要不要，能帮你找到包我就很高兴了，你回家吧，我该走了。"说着，拉着垃圾车走了。从那以后，花裙子总是拾捡一些半新或全新的衣物塞给大伯，花裙子总说："家里的东西太多了，没地方放，扔了可惜，你就拿回家穿吧！"花裙子还时不时把家里的报纸一叠一叠捆扎好，趁大伯在的时候放到大伯的垃圾车上。一来二去，大伯和花裙子熟识了起来。一次大妈生病，来省立医院看病，要等好几天才有病床。大伯在省城没有亲戚，思来想去也找不到一个可以托上关系的人，大妈又病得实在不轻。大伯后来想到了花裙子，就找了她，没想到花裙子真的托关系帮大妈住上了院。不久，大妈出院回家了。大伯回来的时候，大妈给大伯带了一包糯米圆子，嘱咐大伯一定要带给花裙子尝尝，大妈做的圆子在村子里是出了名的好吃。但是大伯有些犹豫，城里人哪稀罕咱农村的东西啊，我一个扫垃圾的带的东西，说不定送去人家也是丢到垃圾桶里。但是大伯又不想抹了大妈的好意，就带了一包圆子回了省城。大伯遇到花裙子的时候，就把圆子给了她。"这个圆子是老婆子特意为你做的，她叫我带来给你尝尝，上次住院多亏了你！""没什么的，以后有什么能帮上忙的，就说一声，圆子我就收下了！"

大伯很高兴,但是又担心花裙子是否会把圆子扔到垃圾桶里。大伯每天清理垃圾桶的时候,特意留心他带来的那个布包裹,过了两天,大伯真的在垃圾桶里找到了那个布包,大伯忐忑不安地打开包裹,是空的,大伯长长地出了口气。大伯正在清理垃圾桶,忽然听到有人和他打招呼,大伯回头一看,正是花裙子。"老伯,你带来的圆子太好吃了,什么时候回家代我谢谢大妈!"大伯高兴地笑了。

岁月不饶人,大伯一天天老了,堂哥他们坚决不要大伯在城里打工了,大伯就回到了乡下。大伯回到家乡后,老是惦记着省城,别人要是问大伯为什么老惦记着省城,大伯会高兴地说:"省城有我一个朋友!"

 **关爱心语**

大伯的拾金不昧让我们感到敬佩,花裙子的知恩图报让我们为之动容。只要付出自己的真心,诚实地对待别人,就能换来别人对你的情深。关爱他人,不一定给予钱财,只需要在日常生活中对他人多一点儿关怀,对他的好意不嫌弃,那就是最好的回报了。

文 李林荣

光 明 行  文 杨轻抒

阳光,真香! 所有的人都抬起头来,他们在找寻那些很香很香的光明呢!

母亲不知出去干什么了,我一个人独自扶着墙出了家门,门外正

下着雨,雨打在芭蕉上面,滴滴答答地响。

我已经没有心思听那雨打芭蕉的美妙乐音了,因为我再也看不见那丛我亲手种植的芭蕉了。

以前我从没想过什么叫做黑暗,没有,我抱怨过城市是那样的拥挤,天空有好多的灰尘;抱怨过房间是那样的窄小,人群中有那么多丑陋的面孔。然而当我终于看不见这一切的时候,我才突然感觉这一切是多么的珍贵!

我从没想过我也许会在黑暗中度过我的大半生,从没!而今,我无论如何不能接受这一切,我独自走进了雨中。

我不想提到那个叫"死"的汉字,但我绝不认为这样活着有任何意义。如果这时有一辆车向我撞来,如果身旁的建筑物突然倒下来,如果我一脚踏进了深渊,我会坦然接受的,我会!

但这一切都没有发生。

我只听到了汽车紧急的刹车声和司机的惊呼声,听到前面迅速移动重物的声音,听到人群急急走过的声音——我竟然畅通无阻地在城市的雨中行走,雨中的城市第一次变得这样宽广。

然后,我听到了一声狗叫,一种友善的,我能想象出的一种乖乖巧巧的狗的叫声。

头顶的雨突然停了。

走开!我咆哮,我不需要同情,我不需要可怜!

我使劲地挥动手臂,要甩开身边的一切,但我无论怎样努力,始终甩不掉那把罩在我头顶的雨伞。

我终于失声痛哭起来。

"能陪我走一程吗?"一个声音说。是一个女孩子的声音,软软的,柔柔的。

我不做声。

"能陪我走一程吗?我……害怕。"

女孩把手伸过来,拉住我的手。阿明——女孩叫一声,我听见小

狗"汪汪"地叫着跑过来,围着我转圈,然后伸出舌头舔我的脚。

女孩牵着我的手。

我们在雨中走,雨声在伞外淅淅沥沥地响。女孩的手热乎乎的,天地间很静,只有雨,沙沙的雨落在身前与身后。

不知走了多久,我的心渐渐平静下来。

女孩问:"你的眼是谁治的?"

我说出了医生的名字。

"原来你就是我叔叔的那个病人!"女孩有些惊喜地说,"我叔叔没说过你的眼睛绝对不能治好吧?"

"没有。"

"对了,"女孩高兴地说,"我叔叔说了,你的眼睛能治好,他还说,治好你的眼睛将是他一生最得意的手术之一。"

"真的?"我还是有些怀疑,因为母亲无意中说过,我的眼睛治愈率只有25%,也就是说,失败率高达75%。

"真的,"女孩说,"不骗你!"

女孩把我的手拉到她的头上,她的头发湿漉漉的,女孩有一肩长发。

"你……"

"我只有一把伞,遮了你当然没法遮我了。"

"谢谢!"我低声说。

女孩轻轻地笑起来,"我会拉二胡,喜欢听吗?"

我说我喜欢。

一阵窸窸窣窣的声音,我听见女孩试了一下弓,顿一下,一种激越的欢快的音符突然跳跃而出。

是刘天华的著名二胡曲《光明行》!

女孩拉得真好!我曾经多次听过二胡曲《光明行》,但我从来没像今天这样感到过有一大片的光明水一样猛然落满我的头上、肩上,沐浴着我的全部身心。

"看到阳光了吗？"女孩轻声说，"你一定会看到光明的！"

我久久地不想说话。

"你眼睛好了以后，想送我点儿什么呢？"女孩问。

"你喜欢什么？"

"我喜欢栀子花，小时候院子里有好多的栀子花，洁白的，像阳光一样的灿烂光明！"

"我送你栀子花。"

"不准骗我！"

"不骗！"

手术很成功，25%的奇迹出现了！医生感慨地说，这么坚强自信的病人不多见呢！

我没有时间去理会医生的感慨，拆线那天，我跑到城外的农家院里，折了一大捧栀子花，我要去找那个喜欢栀子花的女孩！

然而，当我认定我已经走到了我曾经和女孩待过的地方时，我才发现在我面前的，哪有什么房子，有的只是一片满是砖头瓦块长了青草的废墟。

我问人，这儿曾经有间小屋，有个会拉二胡的女孩吗？

那人怪怪地看我，你没看见这儿是一片废墟吗？

我想，是不是我走错了地方？于是我重新回到起点，闭了眼，凭着感觉走，走到了，睁眼，仍是那片废墟！

我见人就问，这儿曾有个会拉二胡带条叫阿明的小狗的女孩吗？

有人想了半天，哦了一声，说："你是问那个卖艺的盲女孩吗？她早走了，不知上哪儿了。是牵条小狗背把二胡——她曾经在这儿搭过一个临时的棚。"

一个盲女孩？

一个卖艺的女孩？

我说，她叔叔是眼科医生呢！

那人说，哪有这事！她只是个卖艺的女孩，胸前常戴朵栀子花。

是这样！我发疯似的跑遍了城市的每一个角落，我见人就问，看见一个胸前戴朵栀子花会拉二胡的女孩吗？所有的人都冲我摇头。

我跑遍了城市的大街小巷，那么多的人呢，那么多的人中没有那个长头发的牵着一条叫阿明的小狗的女孩，有的只是大块大块的阳光在那个清晨猛然倾泻下来，把一座城市，把所有的人都淹没在了厚厚的阳光中。我呆了。

我把手中的栀子花抛起来，城市的天空中顿时飘满了洁白的栀子花，那一瓣瓣洁白的花像一个个梦，像一瓣瓣梦一样的阳光，像一瓣瓣阳光一样的音符随风飘荡……

阳光，真香！所有的人都抬起头来，他们在找寻那些很香很香的光明呢！

我泪流满面。

关爱心语

当一个人处于困境而彷徨不安的时候，朋友的鼓励和支持就像是一场及时雨，让干涸的心田得到灌溉和滋润。一句普通的话语，一个温暖的眼神，甚至是一个美丽的谎言，很多时候我们都觉得微不足道，但正是这些不经意的举动，往往给人带来信心和希望！时刻怀着一颗关爱他人的心去对待我们身边的人，用爱心来换取光明，我们会发现这个世界并不缺少阳光和雨露。

文 江伟栋

友好的陌生人 文 （美）特里·克拉克

不要浪费你的生命而去追求物质财富，因为如果你没有与任何人去同享这种财富，那它又有什么用呢？

阳光无情地照耀着大地。特里渴得要死，便决定到街口拐角处的小咖啡馆去买杯可口可乐。当特里走进咖啡馆时，他看到一个男人正独自坐在柜台旁边。他并不认识这个人，这时，或许这个人看出了特里的心思，首先同特里搭话。

他问特里："外边真热吧？"

特里回答："是啊。这是这么多年来最热的一个夏天。我想等再长大些，就搬到一个比较凉快的地方去。"

"是呀，"他说，"要知道，有时我真想重新度过我的一生。那样我肯定会以一种不同的方式来生活。"

侍者端来饮料，特里狠狠地喝了一大口，拿不准是否再接着聊下去。最后还是受好奇心的驱使，特里问："你这是指的什么呢？"

"多数人都有他们要关心的人，也有他们遇到问题时可以求助的人，而我自己却从来不相信任何人。到头来，得到的报应是孤身一人。过去每当我碰到困难时，我总是借酒浇愁，从不依靠我的家人。然而，酒并不能解决我的问题，反而带来更多的麻烦。我的家庭破裂了。由于所有的麻烦都是我一手造成的，我只好独自离开。我有二十多年没见过家里人了。"他悔恨地叙述着。

特里坐着听这位陌生人讲,其实,当他把心事掏给特里以后,真不该再称他为陌生人了。他跟特里提起当他懂得这个道理时已经为时太晚了。特里问他这个道理是什么。

他答道:"那就是对人的热爱。它会比世界上任何东西带给你更多的幸福。永远不要忘记这一点。不要浪费你的生命而去追求物质财富,因为如果你没有与任何人去同享这种财富,那它又有什么用呢?"

特里喝完可口可乐把钱付给侍者,一边等着找钱,一边最后深情地望着这位新交的朋友。

侍者把要找的钱给了特里。他站起身来转向门口,随后又回头对这位男人说:"谢谢你!"

这是特里唯一所能说的话。

"再见,祝你幸福,记住我告诉你的话。"

特里向门口走去,心里感到就像 刚刚跟老朋友畅谈过,可是却连他的名字都不知道。

有时,人们会从一位毫不相识的人那里学到很多东西。那天特里喝的可口可乐非常解渴,它还带给特里这个12岁的孩子终生难忘的机遇:同一位陌生人的交谈。他的言语和劝告,将使他永远铭记在心。

 **关爱心语**

人生路上,与我们萍水相逢的人不计其数,尽管我们可能并不了解这些陌生人的身份和来历,甚至我们连他(她)的名字也不知道,但如果我们能坦诚相待,我们获得的不仅仅是一份温情,更多的是生活的真谛。但愿我们都能珍惜和把握那一段段萍水相逢的情谊,与友好的陌生人共同谱写美丽的人生之歌!

文 江伟栋

瞎眼的朋友 文 赵炳民

出乎他的意料,他只看到一面墙壁而已。他揉揉眼睛,不敢相信眼前的事实。

　　一间病房内住着两位重病的患者,每天下午护士都会把其中一位患者扶起来坐一个小时,帮助他将肺部的积水排出体外;另外一位患者则需要24小时躺在病床上。

　　他们常常天南地北地聊天。他们谈到自己的妻子、家人,他们的家庭、工作,在部队服役的情形,去过哪些国家旅游,等等。

　　当靠窗的那位患者被护士扶起来坐着的时候,他会告诉他的室友窗子外面的情景。他生动的介绍,激起了躺在病床上的患者的好奇。

　　他描述:窗户的外面有一个公园,黑天鹅及鸭子在湖面游来游去;许多父母亲与他们的孩子在湖上泛舟;年轻的情侣们手牵着手,女士的手里拿着男友送给她的美丽而色彩鲜艳的花朵;在公园里有许多高大的树,游客们在树荫下乘凉,地面上是光鲜的绿意盎然的草坪。

　　当这位睡在窗边的患者叙述外面美丽的景色时,躺在床上的患者会闭上眼睛,用他的心想象外世界的美丽。

　　在一天温暖的下午,他说外面有一个游行的队伍经过,虽然他没有听到任何乐队的声音,但是他仍然感觉到外面的热闹及民众的兴奋。

时间一天一天地过去，直到有一天早晨，值班的护士上前来发现在窗户旁的患者已经平安地在睡梦中过世了。护士觉得很难过，她按铃找来医院的工作人员，将他移到太平间去。

当医护人员忙碌完毕之后，躺在病床上的他要求将自己的床移到靠窗的位置。护士很快地将他的床换了位置。他要求护士帮他坐起来，他等不及要亲眼看一看窗外美丽的景色。

出乎他的意料，他只看到一面墙壁而已。他揉揉眼睛，不敢相信眼前的事实。

那位好心的护士告诉他，他的室友是一个瞎子，他根本连墙壁都看不见。

关爱心语

友爱是人类亘古不变的永恒的主题，是人类情感的升华。关爱身边的每一个人，哪怕是陌生人，因为只有这样，我们才能够感受到人与人之间那真诚的爱，我们才能够过上有意义的生活，才能够在感觉最孤独的时候紧握那一双双热情的关爱之手，才能够拥有比金钱和权力更高贵的爱的心灵。

文 黄韶娟

雨夜的反省 文 （美）查宁·波洛克

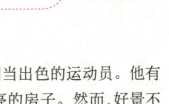

> 如果我们希望有真正的朋友，那就要学会忘记自己，为他人做一些事情，一些需要花费一定的时间和精力的事情。

查宁非常幸福，非常健康，而且是一名相当出色的运动员。他有两个可爱的女儿，有份满意的工作，有幢漂亮的房子。然而，好景不长，美梦中断了。他得了缓慢发展的运动神经病，先是右臂和右腿活动受阻，尔后是左肢。

尽管查宁有病，但是借着安装在车里的特殊设备，他仍然每天开车上下班。他每天设法保持健康和乐观，从某种程度来说，是缘于14级台阶。

查宁的房子是个错层式建筑，从车库到厨房门有14级台阶。这些台阶是生活的标尺，是衡量他的标准，也是他继续生存的挑战。哪一天要是他不能登上台阶，那时他只能承认失败，可以躺下来等死了。因此，他坚持工作，坚持爬那14级台阶。

时光荏苒，两个女儿上了大学，相继幸福地结婚成家，只剩下查宁夫妻俩相濡以沫，守居在有14级台阶的家中。

查宁变成了一个痛苦的失去理想的一瘸一拐的残疾人，一个通过从车库通向后门折磨人的14级台阶才保持精神正常，没有失去他的妻子、房子和工作的人。随着年龄的增长，他变得越来越失望和沮丧。

一天晚上，查宁回家时在下雨，他缓慢地沿着一条不经常走的路开着车,天刮起风,雨点直落在车上。突然间,手中的方向盘跳动起来,车子猛烈地朝右侧转去。同时,他听到可怕的轮胎爆裂声。他费劲地把车停在路旁,在这突如其来的严峻情况下,他呆坐在车里。他不能更换轮胎! 根本不可能! 可能有个过路的车会停下来,这个念头一闪即逝。人家为什么就该停车呢? 换了他也不会。

查宁想起不远处有幢房子。他启动了发动机,车子慢慢摇晃着顺着路边朝前蠕动到土路上,谢天谢地,在那儿他拐了上去。透着灯光的窗户他迎向房子,开上车道,按了喇叭。

门开了,一个小女孩站在那儿,费力地看着查宁。查宁摇下车窗,大声说他的轮胎爆了,需要有人帮他换上,因为他是个用拐杖的残疾人,没法自己动手。女孩进了屋,一会儿又出来,裹着雨衣,戴着帽子,后面跟着一个男人,他高兴地向查宁问候。

查宁舒舒服服地坐在车里,一点儿没淋湿,而那男人和小女孩在风雨交加的夜晚这么辛苦地干,查宁感到有点儿歉意。反正,他会给钱的。雨像是小点儿了,查宁把车窗摇下看着车外。觉得他们干得特别慢,他开始不耐烦起来。车后传来金属碰撞声和小女孩清晰的说话声。

"爷爷,这是千斤顶把手。"那男人低沉的喃喃声回答了她。千斤顶顶起车子时,车身慢慢倾斜。随后是好一会儿声响、晃动和从车后传来的低声话语,轮胎终于换完了。移开千斤顶时,查宁感觉车子落地时的颠动,尔后他们俩站在车旁。

那男人年迈,弯腰曲背,身穿油布雨衣,显得身体虚弱。查宁猜小女孩大约8岁或10岁,有一张喜气的脸,看查宁时笑容满面。老人说:"这种糟糕的晚上车子有麻烦真够呛,不过现在你没事了。"

"谢谢,"查宁说,"我该付你多少钱? "

他摇摇头:"不要钱。辛西娅告诉我说你是个残疾人,用拐杖的,能帮上忙我很高兴,我知道如果是你也会为我这么做。不要钱,朋友。"

查宁伸手递出一张5美元的钞票："我不喜欢欠人家的。"

他没有收下钱的意思。小女孩走近车窗，轻声说道："我爷爷看不见。"

在随后的几秒钟里，查宁呆若木鸡，那一片刻的羞耻和恐惧深深刺痛着他，他有生以来第一次对自己感到那么强烈的厌恶。一个盲人和一个孩子！他们在黑夜里用湿冷的手指在黑暗中摸找螺栓和工具。对那老人来说，这种黑暗可能将延续到他的生命结束。查宁不记得他们说了晚安离去后他在车里待了多久，但是足够他深刻反省自己的极端自怜、自私、漠视他人的需要和不为别人着想的品行。

查宁现在不仅每天爬14级台阶，还尽量给人一些小小的帮助。

关爱心语

如果我们希望有真正的朋友，那就要学会忘记自己，为他人做一些事情，一些需要花费一定的时间和精力的事情，要多为你身边的人考虑事情，因为当我们真诚地关心他人的时候，我们也已经得到了他人的关爱。

文 黄韶娟

鲜 花  文 （美）约·斯坦培克

英勒异常激动，握住了这位心系病人的好姑娘的手，她用鲜花送去理解、支持和帮助。

几天来，15岁的儿子道格拉斯身体状况很糟糕。他高烧不退，出现了类似重感冒的症状，莫勒心急如焚，她将儿子送到华盛顿大学医疗中心所属的儿童医院。验血结果表明，他患了可怕的白血病。

在后来的48小时，道格拉斯被安排输血、骨髓化验以及化疗。不幸的是，他又感染上肺炎。可怜的道格拉斯遭受着疾病的折磨，害怕极了，要母亲睡在他身边，母亲擦着眼泪告诉儿子说，病床太小，加上他要输液身上有针头等，因此睡不下两个人。

医生很坦率，已经给孩子交了底，说他需要进行3年的化疗，将会引起秃头和肥胖等后遗症。在这以后，道格拉斯更加悲观失望。虽然医护人员也说过能使病情缓和减轻的可能性，但他已经心中有数，知道白血病是一种难以治愈的顽症。

在住进医院的第一天，道格拉斯就对莫勒说："妈妈，我想我住院时，病房里一定会摆上一篮鲜花。"莫勒理解儿子的心情，向一家花店定购了鲜花。

花店老板布里克斯年过半百，善解人意。他担心刚来上班的女店员劳拉缺乏经验，不知道鲜花对于一个危重病人的作用，于是亲自动手。他说："我要挑选最能吸引人的花篮，好让道格拉斯看了之后心里

高兴。"

当鲜花送到病房时,道格拉斯眼睛发亮,精神为之一振,全身力气倍增,并且坐立起来,他打开一个小信封,里面有布里克斯的名片,随后又看见了一张名片,背面写了几句话——

道格拉斯,我是布里克斯花店的一位雇员,在7岁时也曾患过白血病,今年22岁。我的心牵挂着你,衷心祝愿你交上好运,早日康复。

劳拉

读完之后,道格拉斯的脸上露出了希望,这是他住院以来第一次精神如此之好。他一改过去的沉默寡言,与医生和病友说了很多话。莫勒心里很明白,名片上面虽然只有寥寥数语,但却给孩子增添了战胜疾病的信心,莫勒从心底感激这位素不相识但富有同情心的姑娘,便前去拜访她。

"当布里克斯说,道格拉斯得的是白血病时,我心里十分难过。"劳拉对莫勒说:"我情不自禁地回忆起自己刚知道患白血病时的情景,完全可以理解道格拉斯所经受的打击。他的病并不是没有希望,我就是一个例子,我已经又活了15年。"

莫勒听后异常激动,握住了这位心系病人的好姑娘的手,她用鲜花送去理解、支持和帮助。

关爱心语

我们不要放弃友善地为身边的每一位朋友做任何一件事情,哪怕是一件微不足道的事情,因为你是真心地为他付出过,并诚恳地希望你所做的一切都是对他有用的。无私的给予会使生活更加丰富多彩,会给世界增添一份生机勃勃的美丽。

文 黄韶娟

88个新年祝福 文 王国华

天已经黑了,外面的爆竹声越来越响。日历显示是2003年1月31日,星期五。我将在异乡度过第二个春节。

大学毕业后,我开始在各个城市之间漂泊,这么长时间过去了,最初的满怀豪情逐渐退去,我不再想念家乡,不再对生活抱着幻想。得过且过的日子一天天从指间滑过,我自己也不知道生活的终点会定格在什么地方。

迷迷糊糊睡了一觉,醒来,我很想找个人,哪怕是闲聊几句也行。可是找谁呢?这时候每个人都在与自己的家人团聚,我的电话也许会搅了人家的兴致,所以应该找与自己同样单身的男人。于是,我试着拨通一个朋友的电话。接电话的是苍老的声音:"找哪位?"我说:"我找×××。"那边愣了一下:"你拨错号码了。"我说:"哦,对不起。"挂了电话。

我仔细想了想,朋友的电话号码在我的脑子里渐渐模糊起来,最后3位数字的顺序怎么也不能确定。于是我拨通另一个号码,电话那头十分喧闹,间或有几个小孩子唧唧喳喳的声音。

接电话的是中年人:"对不起。我们这里没有这个人。不过,祝你新年快乐!"

随着一阵电话忙音,我的脑袋"嗡"了一声——有人祝我新年快乐!

我再一次拨打重新组合的号码,这一次,接电话的是年轻的女孩儿。女孩儿告诉我:"你拨错了。"我没有立即挂断,而是说:"对不起。我是陌生人。祝你新年快乐!"对方发出一阵欢快的笑声:"这是我今年收到的最有趣的祝福。我把美好的祝福同样送给你!"

我又拨通了第一次拨打的那个号码,对那位老人说:"我是刚才打错电话的那个人。虽然我们不认识,但我祝你新年快乐!"老人笑了:"小伙子,谢谢你。我老伴去世好几年了,现在只有我一个人过年,我很想念她。很高兴能与你一起分享这个春节。祝你新年快乐!"

送出了两份祝福,同时也收到了两份祝福。我开始疯狂地拨打电话,随手拨一个号码后,没等对方开口,我就说:"我是陌生人。在这个辞旧迎新的日子里,祝你新年快乐!"无一例外地,我收到了同样的祝福。一个晚上,我一共送出去87个祝福,收到了88个祝福。这其中有一个是孩子的妈妈,那位妈妈向我发出祝福以后,把旁边的孩子也叫了过来:"宝贝儿,来,祝你这个陌生的叔叔新年快乐。"

当听到稚嫩的祝福声时,我的泪流出来了。我感到,生活还没有抛弃我。新的一年,我要带着这88个祝福从容上路。

 关爱心语

有人认为,向不相识的人问候,怕引起别人的误会,所以,不敢迈出第一步,宁愿封闭自己的心,宁愿在虚拟的网络里遨游,也不想在现实中互相问候。其实,只要你走出自己的房间,就能呼吸到外面清新的空气。只要心存友好,面对着陌生人,同样可以相互祝福,相互取暖。

文 李林荣

我们都愿意爱他 文 张 翔

"有什么不愿意的呢？大家都一样这么爱他，大家都为着他好,跟谁不也一样亲吗？"

　　走川藏公路的时候,我曾路过丹巴境内一个不知名的村落,在连接那个村落的碎石公路旁,有一家叫"散客之家"的客栈,我在那里度过了一个晚上。

　　客栈的老板就是村里人,远远地,他就微笑着迎上来,帮我卸下肩上的背包,那一脸藏民特有的憨实笑容,让他并不像一个做生意的人,扑面而来的却是久识至交的温暖气息。

　　坐下来后,我知道了他的名字,他叫尼玛次仁,一个藏民中很普通的名字,人也如其名,平凡、谦逊、热情,和任何一个藏民没有两样。

　　安排好住宿之后,尼玛请我到大厅里烤火。我们烤着火,看着他家有个漂亮的小孩子在不停地闹,像只小鸟一下扑到这个人的怀里,一下又扑到另一个人的怀里,每到一处便引得笑声一阵,扑来扑去,把笑声连成了圈。

　　在他又一次扑到我怀里的时候,我一把抱住了他,随口问他一声:"你阿爸呢？"

　　他有些茫然地转头望着尼玛,尼玛对我说:"这孩子的爸妈4年前就去世了,修公路时翻了车。这些年是我一直带着他。"

　　我有些惊讶,很直白地说:"这么可怜的孩子啊,我还以为是你的

孙子呢……"

"不，他不是我的家人，也并不是我的亲戚，是村里开大会交给我带的，现在就是一家人了。"

我疑惑起来，继续问："你们这里领养一个小孩子，还要开大会啊？"

尼玛笑着说："是啊，一个小孩子，这么小就没了父母，以后的生活问题就是很严肃的，而大家都很想领养他，所以大家得开会决定让他跟着谁。"

"他没有亲戚了吗？亲戚应该带他才是啊！"

"大家都很同情他、喜欢他，都想领养他，包括他的亲戚。但他的亲戚家中都很穷，家中子女也多，怕养不好他，而我这几年因为这个小客栈挣了点儿钱，所以大家就将他让给我了。"

"难道他愿意不跟亲戚而跟你吗？"

"有什么不愿意的呢？大家都一样这么爱他，大家都为着他好，跟谁不也一样亲吗？"

我猛然无语，因为这里的人情温暖已经让我有了一种身在梦幻的迷惑、惊诧与错愕。我终于明白这样一个可怜的孤儿，为什么还会那么欢欣地投身于每一个人的怀抱，因为他从来没有感觉自己是孤独的，他仿佛并没有失去亲人，失去滋润他成长的爱。而这一切的一切，都来自这古老而偏僻的小村落里弥散着的、在那朴实的藏民心中充盈着的——爱，以及那种将爱当成一种义务的责任。这种爱与责任，在这湛蓝的天空之下雪白的大地之上凝结成了一股神圣的精神——一种世界上最为博大最为纯洁的爱的精神。

 关爱心语

一位孤儿，他那么快乐，那么无忧无虑，对每一位过往住宿的陌生人都充满真情和信任，这得益于爱的滋润。对于生活困难的人，我们不要嘲笑，不要鄙视，而要给予他们更多的鼓励，慷慨地帮助他们，使

他们走出自卑的国度,使他们沐浴在人间的春风里。爱,不是附加条件的施舍,而是平等的帮助。怀有一颗关爱之心,给予他人最朴实的关怀,自己也能收获沉甸甸的爱。

文 李林荣

如果我们希望有真正的朋友，那就要学会忘记自己，为他人做一些事情，一些需要花费一定的时间和精力的事情，要多为你身边的人考虑事情，因为当我们真诚地关心他人的时候，我们也已经得到了他人的关爱。

第4辑

爱的教育

调皮的弗兰基是个人见人厌的学生,他恃强凌弱,以欺侮同学、滋事捣乱为快乐,可谁也拿他没办法。我被他欺侮,还受了伤。妈妈知道后没有去责备他,而是用爱心感化了他。此后弗兰基如脱胎换骨一般,彻底改邪归正了。

爱是人类最美好的语言,它的力量是无穷的。对每一个人来说,爱可能是一句亲切的话语,可能是一次温柔的抚摸,可能是一个鼓励的笑容,更可能是一个理解的眼神……

"老师是俺叔！"

文 赵作银

因为校园里充满了爱，所以我们也学会了爱，学会了应该用充满爱的目光看待世界，对待别人；学会了用一颗充满爱的心去回报社会。

"赵老师，赵老师！"刚进教室，几个学生忙不迭地冲我大叫，"李飞说你是他叔！""对，他对谁都这样说！"好多同学也都愤愤不平地附和着，连推带拽地将李飞押到了讲台前。

一向沉默寡言的李飞此时头几乎低到了脖子下面，耷拉的眼皮不时向上翻动，眼角的余光朝我这边偷偷瞟了几下，好像真的做了一件特别对不起我的事情，脸上充满了惶惑和羞惭！同学们也都屏气凝神，迫不及待地等候着老师对这位冒充"皇亲国戚"的家伙的处置。

"同学们，李飞没有撒谎，我的确是他的叔叔，他是我的侄子！"我诚恳地说道。"啊？！"一语既出，四座皆惊，一张张小嘴瞬间变成了一个个大大的"O"。"李飞喊我叔是看得起我，我很感动！我要当着同学的面向李飞表示我的感谢！""老师，您姓赵，他姓李，怎么？"几个同学仍不相信地询问道。"呵呵，我和李飞的爸爸是初中时特别要好的朋友，你们说他该叫我什么呢？""叔叔！""哈哈哈——"我和同学们都会心地笑了。

再看李飞，不知什么时候小脑袋早已高高地昂了起来，仿佛在说"怎么样！老师是俺叔，没错吧！"得意之情溢满了脸庞。"同学们，我想请你们帮个忙，可一直又不好意思说。"灵机一动的我故意卖起了关子。"老师您快点儿说，我们一定帮助您！"孩子们天真率直的样子实在可爱。"很高兴李飞是我的侄子,可我也一直为他担心,担心他不愿意和同学们交往。""我想跟他们玩,是他们都不愿意和我玩!"没等我说完,李飞早在旁边满腹委屈地嘀咕着实话实说了。"哦,是这样的吗?"我故意惊讶地冲学生们反问道。小家伙们可能没有想到老师会来这一手,禁不住你瞅瞅我,我看看你。没等他们反应过来,我又冲着李飞说:"我相信只要你能够改正自己不好的习惯,同学们一定会看在老师的面子上帮助你的,大家说是不是啊?""是!"孩子们扯着嗓子大声喊。"我就替李飞谢谢大家了!"说着我冲同学们鞠了个躬。没有想到的是李飞竟然在我向同学们鞠躬的同时也朝我深深地、恭恭敬敬地鞠了一躬!"哗"不知是谁带头鼓起了掌,随即掌声经久不息……

　　没等这节课下课的铃声消失,李飞身旁早已围满了找他一起玩耍的伙伴。看着李飞被同学们前呼后拥走出教室的背影,开学第一天的场景再次浮现在了我的眼前……

　　第一节语文课时我发现教室最西北角的一张双人桌前蜷缩着一位矮矮的、瘦瘦的小男孩。"这么矮的个子怎么一个人坐在那里?"下课后,我了解到:男孩叫李飞,爸爸、妈妈都在外地打工,一年也难得回家一趟,只好跟着年迈的爷爷、奶奶生活,不知是因为隔代教育还是长期没有父母在身边的缘故,他作业不做、扰乱四邻,"害得他爷爷恨不得一天往学校跑八趟!"面对老师苦口婆心的教育、批评,他总是低着脑袋来个"徐庶进曹营——一言不发",很多家长也强烈要求自己的孩子不跟他接触,因此学生们对待他大都是避之唯恐不及。

　　我决定接触他。

　　"李飞,你能过来一下吗?"第二天下课后,我装作不经意地叫住了他。犹豫再三后他还是磨磨蹭蹭地来到了我面前。"知道老师喊你做什么吗?"低着的脑袋微微摇了摇算做了回答。"能告诉我你爸爸叫什么吗?"不说话。"你爸爸是不是叫李磊啊?"(从他的学籍资料上得知的)疑惑的目光瞟了我一下,算做了对我的回答。"我是想告诉你,我和你爸爸是初中的好朋友,昨天晚上他还给我打电话让我好好照顾你

呢!"我用手轻轻地抚摸着他的小脑袋。"他怎么知道你的电话?"满脸狐疑的他终于抬起头来小声地问我。"我们是好朋友啊!""是吗?真没想到!"他喜出望外的脸上终于浮现出了难得的笑意。"以后生活、学习上有什么困难尽管找我,不愿意叫老师也可以叫叔叔,行不行?""行!我知道了。"终于开口了!面对满心喜悦的他,我沉甸甸的内心顿时轻松了不少……

现在想来,我不知道那天自己虚拟的"电话嘱托",对于李飞来说是不是一个善意而又美丽的谎言。但愿今后的日子里,他还能够一如既往地逢人就骄傲地说上一声:"老师是俺叔!"

 关爱心语

老师用亲情作为桥梁,消除了李飞的戒心,拉近了他们之间的距离,使李飞走出了孤独的围墙。因为校园里充满了爱,所以我们也学会了爱,学会了应该用充满爱的目光看待世界,对待别人;学会了用一颗充满爱的心去回报社会。

◎文 李林荣

爱的教育 ◎文 (法)L.格瑞萨德

爱是亘古长明的灯塔,它定晴望着风暴却兀不为动;爱就是充实了的生命,正如盛满了酒的酒杯。

初涉人生,我们不仅需要母亲的慈爱,以哺育自己钟情生活的爱

心，还需要老师的教导，以培养自己把握生活的能力。而我，则很荣幸地拥有一位当老师的母亲，所以，她对我的馈赠便是双重的了。

记得我在母亲任教的学校上二年级时，班里有两个人见人厌的学生，10岁的弗兰基和9岁的戴维。他们是兄弟俩，学习极差，也都留过级，而且每天都要弄出点儿恶作剧来，恃强凌弱，以欺侮同学、滋事捣乱为快。有一回，他们甚至搞来了一枚小型炸弹，偷偷地放在一个窗架子上，待上课时，猛听得一声巨响，师生们都被吓得魂不附体，好几个同学都尿了裤子（我也是其中之一）！

几年下来，班里几乎没有不被他们俩欺侮过的——被敲诈、被打骂，等等，可谁也拿他们没办法。

五年级时的一天，厄运降到了我的头上。当时，我正顺着小路骑自行车回家，等我听得弗兰基大嚷大叫地从后边冲过来："快滚开，我来了！"已经来不及躲避了（也无处躲避），被他狠狠地撞到路边的一条深沟里，自行车又重重地压在我身上，直跌得鼻青脸肿，头上还磕了个大包。弗兰基见已大功告成，便幸灾乐祸地打着呼哨，扬长而去了。

我匆匆赶回家，尽量把泥污血迹洗干净，希望妈妈不会看出来，否则，她一定会告诉校长，惩处弗兰基，那样既对弗兰基无损（他巴不得弄得鸡犬不宁），又实在对我有害（他必定要伺机做更恶毒的报复）。

可惜头上的大青包无论如何也按不平。晚上，在妈妈的一再追问下，我掩饰不住，只好将自己受欺侮的事和盘托出了。只是恳求她不要报告校长。

妈妈看着我，想了想答应了："那好，明天我自己找他谈一谈。"

第二天，我总是心神不宁，担心有更大的灾祸在等着我，放学时，还特地绕了远路回家，只怕再遇上弗兰基。而妈妈下班后，倒是告诉了我一个好消息："他们再也不会来欺侮你了。"

我想，妈妈一定是报告了警察局长，让他把这两个作恶多端的坏孩子捉进了监狱——这下可好了！

但是，妈妈告诉我的是另一回事：

　　"今天,我先去翻阅了弗兰基兄弟俩的档案材料,发现他们的父亲早就死了,母亲现在也不知所踪,兄弟俩是靠了一个姑姑养大的,生活条件很差。而且,教过他们的老师还告诉我,兄弟俩小时候常常遭到他们母亲的毒打。他们成为现在这个样子,并不全是自己的错:自己没有得到过多少爱,所以也不懂得去爱别人。

　　"你知道我做了什么吗?

　　"课后,我把弗兰基请到了自己的办公室,问他是否愿意当我的助手,每天替我准备些教具,我会为此给他一些报酬的。另外,如果工作得好,周末时我还会让你和他们兄弟俩一道去看电影……"

　　"我? 我跟他们一起去看电影?"——出于愤怒,更出于胆怯,我当即表示反对,"我不去。"

　　"不,你应该去。"妈妈劝我,"他们需要别人的关心与尊重。只有爱才会教会他们去爱。"

　　到了周末,我十分勉强地随妈妈到弗兰基他们的住处,接他们去看电影。妈妈对他们的姑姑说:"弗兰基这一星期在我这里工作得挺不错。我相信他弟弟戴维以后也能来帮忙的。"他们的姑姑听了连连道谢,他一定从未梦想过自己这两个臭名远扬的侄儿还真能做好事儿,还真能被人喜欢!

　　在去电影院的路上,我们彼此都很窘。我偷偷瞥了弗兰基兄弟俩一眼。嗬! 竟是一副规规矩矩、颇有教养的神色了——与平常完全不同。正疑惑时,弗兰基还很郑重地向我道歉:"实在对不起,那天我把你撞到了沟里。请你原谅!"态度极为诚恳,垂着眼睛,显得很羞愧。

　　他还向我保证:"以后我再也不会去欺侮任何人了。"

　　这破天荒的奇迹倒把我弄得怪不好意思,在母亲的催促下,才表示了谅解——心里已不记恨他了。

　　……

　　说来奇怪,这以后弗兰基兄弟俩真的如脱胎换骨了一般,彻底改邪归正了,不仅不再惹是生非,而且学习也认真了——这对学校、对老师、对同学固然都是一个好消息,而对于我来说,也从中受益匪浅。

 **关爱心语**

　　爱是人类最美好的语言,它的力量是无穷的。对每一个人来说,爱可能是一句亲切的话语,可能是一次温柔的抚摸,可能是一个鼓励的笑容,更可能是一个理解的眼神……爱就像空气,充斥在生活的周围,充满了人的内心,它的意义已经融入了生命,已经无法用准确的文字来形容,但是可以肯定,拥有爱的人,付出爱的心,人生必定是充实而无憾的。

文 刘　欢

我亲爱的小男朋友 文 田祥玉

得意洋洋地一个个询问同事,除了我,另外的25个人,没有第二个收到来自那个偏僻地方的信。

　　我们将要接待一群特殊的孩子,以志愿者的身份,陪他们过一个完满的儿童节。这群孩子来自黄河边的一个小地方。主任事先一再告诫我们:"这些孩子的父母都因为艾滋病离开了人世,但是孩子们身体都特别健康!"老实说,艾滋病三个字还不足以对我产生多大威慑;我只是不知道,该怎样去亲近一个从出生那天起就笼罩在艾滋病阴影下的孩子。

　　8点整,单位的客车停在门口。一共有26个孩子,个个笑脸荡漾。

孩子们和想象中的有很大区别，他们其实和普通孩子一样天真无邪，第一次来到北京的新奇和兴奋洋溢得满脸满身。

但是走在队伍最后的、穿肥大军绿灯芯绒裤子和黑色布鞋、个头差不多有我高的那一个男生，他不一样；他蹙着眉头，像是洞穿这一切都是在作秀一样。

一

其他志愿者都盯准了漂亮女生和活泼男生，但是我已"预定"了邹麒麟——那个有着诗人般天然忧郁的小帅男生。他11岁，读四年级，是小组长，有个18岁的哥哥在虎门打工。这些都是我问了以后他背课文一样告诉我的；而关于他的父母，我当然不会提及。邹麒麟走在我右边，和我一般高。当我试图去牵他的手时，他很迅速地把双手揣进了肥大的灯芯绒裤兜里。我说叫我阿姨吧，我比你大了13岁呢。他斜了我一眼："还是叫姐姐好些。"这是个很乖巧的孩子，只是有些内向，准确点说邹麒麟很有个性。

我把他带进了杂志社，坐在我的格子间。问他学过电脑没有，他说学校有3部电脑，他在窗外经过的时候见过。我示范着开机，找网站搜索新闻，邹麒麟显然不屑一顾，不像另外同事带的孩子一样对电脑表现了极大好奇。这多少让我有点尴尬，但旁边有摄像机在跟踪采访，我不得不做出点样子来；而且总是我在找话说，问他喜不喜欢北京想不想到北京来上大学，邹麒麟回答说无论怎样最终还是要回到家乡。邹麒麟和所有艾滋病家庭的孩子一样，长大了要当医生。

9点半，我们要和孩子们一起去天安门。许多孩子都很认生，上车后都只和自己的同学挤在一起坐。我坐在最后一排。邹麒麟原来是和他同学坐在一起的，车开了一小段的时候，他突然起身坐到我旁边来，但是很不好意思的样子。他这个细小然而大胆的举动，让我突然涌起莫名的感动。

在天安门广场有人卖雪糕,我问邹麒麟吃不吃。他看了看人家挂在脖子上的红盒,突然悄悄把我拉到一边:"姐姐,不能随便在外面吃东西的,不健康。"我于是打住,在那样环境下成长起来的孩子,比谁都深知讲卫生的重要。

中午带邹麒麟去吃肯德基,想起自己第一次吃肯德基的贪婪和陶醉,自作主张给他点了最大的儿童套餐,但是邹麒麟不喜欢。他说汉堡里面的菜是生的不能吃,可乐的味道像中药。他尝了一口再看看我,低头蹙着眉头又去吃。我说不喜欢就别吃了吧,再问他喜欢吃什么? 小家伙咽咽口水:"奶奶炒的大白菜丝!"我把他带到一家小吃店,买了三个韭菜包子。邹麒麟只拿了两个,剩下一个要留给我。他饿得够呛,吃起来有点慌张而贪婪。

二

去颐和园的路上,邹麒麟的话突然多了起来。他跟我形容学校的样子,班上有哪些同学不听话,放学了他都去干些什么;甚至包括他哥哥刚刚谈的女朋友,邹麒麟都饶有兴致地讲给我听。我很认真地听,他便显出莫大的兴趣。我指着颐和园里那头铁麒麟对邹麒麟说:"喏,这就是麒麟。"他非常惊喜地扑过去,第一次主动要求我跟他照相。照完相,邹麒麟说:"哦,我知道了! 我爸妈当时给我取这个名字,一定是希望我能和麒麟一样吉祥宝贵!"他说完这句话后,好像忽然意识到说漏了嘴似的,立刻用手掩住嘴。

领导也给我们交代过:万万不能问他们的父母以及"艾滋病"。所以我一直忍着没说,这会儿邹麒麟自己不小心说出来并立马意识到后,我慌忙地改变话题。参观颐和园持续了整整两个半小时,其他孩子显然意犹未尽,可是邹麒麟自从和铁麒麟合影后,便再次闷闷不乐不说一句话。这个11岁的小男子汉很不开心,我却没有法子让他快乐,于是我便也很不快乐了。

晚饭是在一家大酒店吃的，邹麒麟坐在我旁边，听着身旁的大人们点着他长这么大都没听说过的菜名，一副心不在焉的样子。他在担心晚餐会像肯德基一样难吃。我拍拍他："嗨，帅哥，你也点个菜吧。"也许是听我叫他"帅哥"，邹麒麟突然就展开笑颜，低着头红着脸问我："可不可以点大白菜丝？"

他是这群特殊孩子中最特殊的一个。临走之前在我们会议室的签名墙上留言，邹麒麟第一个走上前去，大笔一挥，写的是："我爱北京的建筑！更爱北京的好心人！"写完以后站在凳子上，对我很骄傲地笑，我看得见他眼中有闪烁的泪光。我的眼眶莫名潮湿，尽管我们才认识了9个多小时，可是我们之间已经架起了一座温暖融洽的桥。

三

再过一个小时，邹麒麟和他的同学老师就要踏上回家的火车。在留言墙上签完字后，邹麒麟就一直跟在我旁边，像个小跟屁虫似的。那时我想：如果我还能再年长10岁，有足够的经济条件，我真的愿意把他留在北京，当这样一个孩子的妈妈，我真的愿意。因为他聪明懂事，他需要的是比一天的儿童节更长久地被关爱和被重视。

我去文具店买了10个信封和两沓信纸，单位给他们每人发了10个信封，但是邹麒麟是个爱诉说的孩子，我希望他能多写点儿信。而我也只敢给他这么多，领导以及孩子的学校都声明过了，别给这些孩子们任何物质上的东西，他们更需要被支持和被理解的，是一颗比同龄人更敏感更隐忍的心。

车快要启动了，许多孩子倚在窗口，笑靥如花地跟我们挥手再见。邹麒麟坐在最后一排，我隔着玻璃窗跟他打手势扮鬼脸，这个一直很酷很有个性的小男生，此刻却在吧嗒吧嗒掉眼泪。

10天后，我收到了一封信，是从黄河边的那个小村庄飞过来的。邹麒麟说回到家的第一件事就是给我写信了，他说这是他第一次写信,写得不好要我见谅。

11岁的邹麒麟说:"世界上目前还很难攻克HIV,所以我要好好学习,长大了当个伟大的医生。"他在信中多次提到了HIV,还有他的父母,是为了贴补家用去卖血才染上了那种病。小心谨慎的他,坚决不用"艾滋"二字。但是这个孩子,却用这种方式表达出对我的无限信任和喜欢。

得意洋洋地一个个询问同事,除了我,另外的25个人,没有第二个收到来自那个偏僻地方的信。

那么,这份突来的感动和惊喜,我一定是要执拗地维系一生了。我亲爱的小男朋友邹麒麟先生,他应该也会像我这样执拗的吧?

关爱心语

我们都照过镜子,它会把原形忠实地呈现出来。而帮助和关爱他人就像照镜子一样,会把你的善良和热情展现出来。爱他人犹如爱自己,每一个人都值得你去爱,千万不要吝啬你的爱,其实爱他人本来就应该像爱自己一样。当你做到这一点时,你将看到人与人之间充满爱心的美好世界。

文 王 嘉

上帝知道我爱你 文 李曙白

卡尔怀着几分好奇走出屋子，来到院子里，无意间一抬头，他就看到了满天星辰。一瞬间，卡尔明白了这是上帝给他安排的晴朗的夜晚啊！

　　小卡尔坐在窗前，望着窗外下不完的雨，他的心情也蒙上了一层乌云。在小卡尔居住的城市，雨季总是那样漫长，从9月开始，天空就像一面大筛子，淅淅沥沥的雨水从筛孔中漏下来，没完没了。小卡尔不是不喜欢雨，往年的雨季也没有心烦过，但是今年不一样了：卡尔的父亲不久前生病去世了。父亲躺在医院的病床上时曾经告诉卡尔，他要走了，要去很远很远的地方——天堂。

　　"卡尔，爸爸离开之后，你要听妈妈的话，要做个好孩子。我会在天堂看着你的。"

　　小卡尔记着父亲的话，努力做一个好孩子。上个星期，他还在全校的朗诵比赛中得了奖。再过一些日子就是卡尔的生日了，他多么希望在生日那天把这一切告诉父亲呀。天气晴朗的时候，母亲曾经带着卡尔仰望夜空。母亲说，在那些星星中，有一颗是父亲，你看着星星一闪一闪的，那是父亲在跟你眨眼。可是，卡尔已经有好长时间没有看到星辰满布的天空了。

　　看厌了窗外的雨，小卡尔打开电脑。卡尔看看电子邮箱，里面没有一封邮件。父亲在的时候，常常会发一些邮件给他，虽只有一两句话，却让卡尔十分开心。卡尔也给父亲写邮件。他们俩都乐此不疲。

卡尔独自对着显示器的屏幕发呆。有一刻他突然想起,我为什么不给上帝发一封邮件呢? 上帝管着天上的一切,他一定能让天空晴朗起来。卡尔的邮箱地址是:Call1998@service.com,这是父亲给他设置的。Call是卡尔的名字,1998是卡尔出生的年份。卡尔想,上帝的邮箱肯定用的是God,至于后面的数字,应当是上帝的出生年份。上帝是哪一年出生的呢? 这个问题太难了,卡尔想不出来。他知道公元纪年是从耶稣出生开始的,就用耶稣的出生年份吧。于是,卡尔在收件地址栏中写上:God0001@service.com,很快,卡尔就写好了封邮件:

亲爱的上帝:

　　我想请求您一件事,能不能给我安排一个晴朗的夜晚,在10月20日,那天是我的生日。我的父亲去了天堂,他说过,他会在天堂里看着我的。我已经按照他说的,做一个好孩子,我还在学校的朗诵比赛中得了一等奖。如果没有晴朗的夜晚,父亲就不能看到我,我也看不到父亲。

　　我的父亲一直说:上帝是仁慈的。你不会拒绝我的请求吧?

爱你的卡尔

卡尔点击了"发送",把邮件发了,很快,屏幕上显示:"邮件发送成功"。但是,小卡尔不能确定上帝是不是真的收到了。天堂毕竟太远了。自从父亲去天堂以后,他给父亲的邮件就从来没有回复过。

小卡尔没有收到上帝的回信,不过,他也得到一个意外的惊喜:位于瑞士中部的卢凯斯城,邀请他作为小客人,参加正在举行的卢凯斯湖文化艺术节,一份请柬寄到学校。卡尔问老师,学校有几个同学被邀请参加,老师告诉卡尔就他一个。

"为什么只有我一个人? "卡尔问。

"他们知道你在朗诵比赛中获得一等奖。"

卡尔的母亲本来不想让他去的,卡尔毕竟才10岁,一个人出那么

远的门,她不放心。学校老师告诉他,他们已经和卢凯斯联系过了,那边一切都准备好了,会有人专门照顾卡尔的。

果然,小卡尔一到卢凯斯,就有人在机场等候,并把他送进卢凯斯湖畔的一家宾馆。那几天,卡尔参观了卢凯斯城著名的帕尔纳教堂和毕加索艺术馆,游览了罗莱河上的廊桥,还观看了一场以瓦格纳的音乐为主的音乐会。音乐家瓦格纳曾经在这生活和创作,他一直是卢凯斯人的骄傲。

这天晚上,卡尔回到宾馆,仍然沉浸在白天游览的兴奋中。这时候电话铃响了,一个有些苍老的声音问道:"你是卡尔吗? 祝你生日快乐! "

今天是自己的生日! 卡尔这才想起来。这几天光顾着游玩,把生日都忘了。

"您是怎么知道我的生日的? "卡尔问,"您是谁呀? "

"我是谁? 哦,你把我当做一个远方的亲人吧。"电话中的那个声音亲切得像父亲,"小卡尔,你现在在房间里吧,为什么不到屋子外面去看看呢? "卡尔怀着几分好奇走出屋子,来到院子里,无意间一抬头,他就看到了满天星辰。一瞬间,卡尔明白了这是上帝给他安排的晴朗的夜晚啊!

"上帝收到我的E-mail了! 上帝收到我的E-mail了! "卡尔高兴得在院子里的草坪上跑过来又跑过去。稍微平静下来之后,卡尔坐在草地上仰望天空。今晚,天空中的星星太多太多了,繁星一闪一闪的,好像每一颗都认识小卡尔似的。卡尔只看了一小会儿,他就从那些星星中找到了父亲的目光。卡尔开始和父亲说话。那个晚上,他和父亲谈了好久好久……

几年之后,卡尔读完了小学,以优异成绩考取了全市最好的中学。毕业典礼结束后,老师把他留下。"卡尔,你还记得三年前你去卢凯斯的情景吗? "老师问。

"怎么会不记得呢? 我10岁的生日就是在卢凯斯度过的。"卡尔又想起了那个美丽的夜晚。

"你知道你为什么会去卢凯斯吗？"

"去参加文化节呀！"卡尔说。

"但是，还有其他原因呢？"

老师告诉卡尔，让他去卢凯斯是一个名叫加德的老人安排的。原来，当初卡尔的那封邮件正好发到加德的邮箱中。加德的邮箱God0001，前面三个字母是他的名字God，而0001只是在设置邮箱时随手加上的，他万万没有想到，小卡尔把这当成了上帝的邮箱。加德先生看到邮件，很想回一封信安慰卡尔，但是写了好几遍都没有发出去。卡尔需要一个晴朗的夜晚，除此之外，什么都不能安慰他。一个10岁孩子失望的眼神，让加德老人一连好几天无法入眠。老人住在

卢凯斯，10月卢凯斯很少下雨，在这座美丽的城市各种文化旅游活动几乎从不间断，老人就和有关单位联系，导演了卡尔赴卢凯斯的一幕。

"这一切在加德老人寄来请柬时就告诉学校了。"老师说，"但是老人要我们一定保密。其实，你去卢凯斯的全部费用，都是加德先生负担的。"

卡尔又想到那个略微有些苍老但却亲切得像父亲的声音，那就是加德老人呀！回到家中以后，卡尔按照曾使用过的E-mail地址，给加德先生发去一封邮件，他说："在我的心目中，您就是仁慈的上帝。"

🐑 关爱心语

加德老人用自己的博大爱心给小卡尔编织了一个美好的回忆，一段感人的故事。我们总是在茫茫人海寻找那个所谓"上帝"的身影，却原来，"上帝"一直就在我们身边，甚至在我们的心里，也许一念之间，我们就都是上帝。

文　王连波

守 护 文 佚 名

"嗯,那你认为做好一个安检员最重要的是什么?"老矿工又问。

"责任,"中年妇女顿了顿,说,"还有爱心。"

"想要证明你是男子汉吗?到我们矿工作吧!"一块硕大的广告牌竖立在矿区的入口,牌子的左下角还有一行小字:本矿急招矿底作业技术员一名,安全检查员一名。

一个20岁出头的男子正望着广告牌出神,看得出来他正在为是否去应聘而犹豫。良久,他走了进去。3个小时后同一个地点,一个四十几岁的中年妇女也在望着广告牌出神。路过的人注意到她脸上的表情很复杂,渴盼、犹豫甚至是一丝恐惧,然后头也不回地朝矿区的办公楼走去。

"是这里招人吗?"女的不太确定地问。

"是的,"年轻的矿工迅速答道,"不过想应聘的话可要亲自来。"很明显,他把她想成是来应聘的某个男人的家属了。

女人思考了一小会儿,沉着地说道:"你说得对,不过我觉得更重要的是先要搞清楚来应聘的人是否适合职位的要求。"说完目光毫不避讳地紧盯着问她的年轻矿工。

"哦,对。"年长的矿工觉察到这话里回敬的意味,抢过了话头,"那就说说你丈夫的工作经历吧。"

一缕悲戚从女人眼里飞快闪过,很快恢复了正常:"我丈夫大学毕业就在煤矿工作,做了多年的井下作业技术员……"

"不好意思,几个小时前我们已经招录了一个技术员了。"年轻的矿工听到这里又忍不住插话说。

"是的,我知道。不是还有另一个职位吗?"

年轻的矿工觉得有点不对,但又找不出什么,只下意识地说:"这样啊,你继续。"

接下来,中年妇女流利地叙说了她丈夫的工作情况。从她的话里,两个矿工了解到她的丈夫曾经做了很多年的技术员,后来又做了几年的安检员,六次被评为优秀工作者,还得到过全省煤炭系统的嘉奖表扬。她在讲述这些事情的时候,脸上的表情时而微笑时而担忧时而关切,相比大多数煤矿工人的妻子,她少了几分惊恐和抱怨,多了些理解和宽容。两个矿工觉得眼前的女人不简单,她在诉说过程中时不时展示出来的丰富的煤矿采掘技术和安全知识,令人难以相信她只是出于关心而知道了这些。

"看得出来你丈夫的确很优秀,那就叫他明天自己来吧。"老矿工说道。

"我丈夫不能来了。"中年妇女说这话的时候声音有点儿颤。

两个心急的矿工似乎没注意,只是吃惊地问为什么。

答案叫人震惊:"他死了。"

"矿难,"中年妇女接着说,"一次矿难死了二十几个人。"

两个矿工沉默了。

"我丈夫下井去解决问题,再也没上来。"说到这里,她的眼睛已经开始红了。

"那你?"老矿工从失神中清醒过来,小心翼翼地问道。

中年妇女忽然变得坚毅起来,大声而果断地答道:"我就是来应聘安检员的。"说完她用灼灼的目光紧紧地盯着两个神色各不相同的矿工。

老矿工拧紧了眉头,许久,他才抬起头,以同样的目光紧盯着眼前

的女人，缓缓问道：

"你系统地学习过安全方面的知识吗？"

"我从嫁给丈夫的那天起就没停止过学习。"女人自信地回答。

"嗯，那你认为做好一个安检员最重要的是什么？"老矿工又问。

"责任，"中年妇女顿了顿，说，"还有爱心。"

这个答案比自己预料的还要好，老矿工不自觉地想道。

"最后一个问题，如果你觉得不好回答的话可以不回答。"老矿工忍不住好奇地问道，"这么多煤矿，为什么选了我们？"

中年妇女的脸上露出了温柔和关爱的神色，用一种充满母性的声音轻轻地回答："上午来应聘的技术员是我的儿子。"

 关爱心语

如果让母亲给我们一个理由，一个时刻关注自己孩子的理由，也许母亲们根本无从作答。爱和责任不需要理由，爱和责任只需要用行动去证明。深切的母爱让每个心灵温柔，那种与生俱来的本能让每个平凡的母亲变得伟大，是她们守护着这个世界的爱和责任。

 文 王 蕴

姐姐，你是我第一个 在雨里等候的女生 文 于筱筑

爱，充满于世界的每一个角落，无时不在，无处不有。但要想感受到你身边的每一份爱却不是一件容易的事。

一

我不是一个自私自利的孩子，至少不全是。但是我实在是不喜欢于庚糠。我讨厌他的成绩老是那么优秀，我讨厌大家的眼光都集中在他身上，我讨厌有大帮女孩子围着他转。所以我把他的奖状撕烂，我把他的大苹果换成我的小苹果，我用粉笔在他光光的头上乱涂乱画，我把橡皮包在糖纸里给他吃。为此我更加被责骂，为此我更加不喜欢他。

那时候我13岁，于庚糠10岁。

爸爸妈妈要加班。我第一次被允许周末可以到郊外的姥姥家玩，但条件是必须带上于庚糠。为了可以吃到外婆用沙罐熬的肉粥和可以和一大帮野孩子到田野里捉迷藏，我违心带上了他，还答应要把他照顾得好好的。可是下车的时候我就把妈妈给他的钱抢了过来，还恶狠狠地恐吓他不准告诉妈妈。

我提前一站下了车，我在小路上走得飞快，我故意不等他，然后我看见他跌倒在路上，我会心地哈哈大笑。然后我一直走一直走，可是

等我快走到外婆家时再回头,他不见了。

我赶忙回过头去找他。可是我找遍了整条路都找不到。天渐渐地黑下来。田野里一个人都没有。我大哭,又惊又怕地回到外婆家,一进门就看见他坐在地上冲我笑,我冲过去拼命地拧他:"看你还敢乱跑,看你还敢乱跑……"

但他不哭,也不跟妈妈告状。

于庚糠是我弟弟。

二

我一直以为爸爸妈妈是不爱我的。他们会在有客人的时候表扬于庚糠而不是我,他们会在吃饭的时候给于庚糠夹菜而把我晾在一边,尽管我一直很努力地表现自己。

所以我把对父母的不满全部撒在了于庚糠身上。我抢他的零食和画笔,一直到他长得比我高,我自以为打不过他了为止。可是他还是会让着我,有什么好东西会跑到我床边:"姐姐,你要不要?"而我总是嗤之以鼻不屑一顾,然后趁他不注意或者睡着后偷偷拿过来。妈妈发现后会骂我,我就会说是他自己不要给我的,而他则不说话,盯着我看。

我上初二时他上五年级。他每次放学都会等我一起回家。有一天,我故意从后门溜了。欢天喜地地往家赶,可是在路口一个骑车的妇女从拐角杀出来撞倒了我。我疼得坐在地上直掉眼泪。可是她却抓住我不放,说我把她的车撞歪了……围观的人越来越多,我委屈得说不出话来。在我低着头搓自己的衣角茫然不知所措的时候,于庚糠冲到我的身前,护住我,"不许欺负我姐姐。"然后他转过头,用手擦我脸上的泪,说:"姐姐,我们回家。"

回家的路上,我拉住于庚糠的手,他抬头看我:"姐姐,你平时对我都那么厉害,现在怎么能让别人欺负呢?不过你别害怕,我以后保护你。”

我的眼泪又掉下来。我看到他的脸红红的。

那是我第一次拉他的手。

三

他跟在我屁股后面一直到我考上另外一所学校念高中。可是就当我觉得少了什么开始思念起他的时候，又一件令人难堪的事发生了。

我在学校上到第四节课的时候，窗外开始下起瓢泼大雨。我走出校门，看到校门口黑压压站了好多家长。我睁大眼睛，可是怎么也找不到属于我的身影。雨很大，很多同学都站在门口，我站在人群中，看着连绵不绝的雨，知道爸妈是不会来接我了，我一咬牙冲进了雨里。

回到家，妈妈一边给我递上热毛巾，一边埋怨：“这么大的人了，也不知道等雨停了再回来。”我换完衣服出来的时候，看见正在开门的爸爸和手上拿着两把伞的于庚糠。

于庚糠很惊讶地问我：“姐姐，没有人给你送伞？”我一股怨气冲上来：“你少假惺惺！他们什么时候关心过我？以前我们是在一个学校，现在不在一起了谁会管我的死活？”

大家看着我，都呆了，一向在家里对父母毕恭毕敬的我第一次这么大声地说话，我干脆一口气吼出来：“从小到大，你们什么时候关心过我的感受？什么事都以他为中心。什么东西都给他最好的。可是我要的只是和其他同学一样——只是想下雨的时候有个人接我回家。我要的只是一场雨，还有雨中等我的属于我的身影。可是你们都不给我！”

说完我就冲回了房里。

四

从此以后。我开始不断地努力。我一定要比于庚糠优秀，我要彻底改变爸妈的看法，我要让他们为对我不好而后悔。

而后来下雨的日子里，校门口多了一个等我的身影——姥姥。

高三那一年，为了更好地准备考试，我住进了学校。我没怎么回家。而在一个春寒料峭的清晨，我却突然发现妈妈站在了教室外面。

姥姥去世了，脑血栓。

我坚持要捧着姥姥的骨灰盒上山。很长的送葬队伍，我和于庚糠走在队伍的最前面。山路陡峭，他好几次要帮我拿手上的骨灰盒都被我拒绝了。姥姥是对我最好的人，我怎么能连送她一程都不送到底？姥姥的坟前，我长跪不起，暗暗发誓要考一所好的大学。

下山的时候，突然觉得身上很温暖，而山风刺骨，我转过头，于庚糠把他的衣服披在了我的身上。我要拿下，他按住我："姐姐，我不冷。"

流火的夏天，我考上了城里数一数二的大学。

放榜的那一天，妈妈邀了好多人到家里来庆贺，我感动极了。我跟妈妈说，以前是我不懂事，让你们费心了。妈妈看着我："终于是大孩子了，以后别再欺负你弟弟。"我不好意思地低着头，看着和爸爸在一起的于庚糠，他已经是大孩子了。

在一旁插话的姨妈说："姐姐是没有弟弟受宠的。可是弟弟倒懂得对姐姐好，还叫姥姥每次送伞给你。我看，你们俩应该换过来。"

说完他们哈哈大笑。

五

我没有再拉过他的手，已经有许多女生喜欢他了。但是从姥姥去世后,我们一直很好很好,我还问过他有没有女生喜欢他,告诫他一定不能荒废学业,最起码也得考上大学再说。

他果然没有辜负我的期望。

得到他考上大学的消息我急急忙忙往家赶的时候,天上正飘着毛毛细雨,我抱着书本冲出校门,看到于庚糠正站在校门对面等我。

他走过来,很高很帅的样子,说:"姐姐,这是我第一次在雨里等女生。"

我看着他,想起那个以前我在他头上画乌龟的小男生;想起走到我床边问我要不要好东西的小男生;想起挡在我前面说要保护我的小男生;想起在山路上给我披衣服的小男生。

我对他笑:"瞧你,都快把我感动得哭了。"

其实我已经哭了。

关爱心语

爱,充满于世界的每一个角落,无时不在,无处不有。但要想感受到你身边的每一份爱却不是一件容易的事。

争宠是兄弟姐妹一个生活的核心,因为那时我们需要爱。打架是兄弟姐妹成长的永恒主题,因为幼稚的我们总是能把兄弟姐妹的缺点放大,总是能找到自己委屈的理由。或许你还在埋怨上天和你开了个玩笑,把一个讨厌鬼放在你的身边,但等你长大了,你就知道,能成为手足是一种缘分,那时,你一定会含笑回味你和他之间曾经的战争的。

文 贺小同

我们总是在茫茫人海寻找那个所谓"上帝"的身影，却原来，"上帝"一直就在我们身边，甚至在我们的心里，也许一念之间，我们就都是上帝。

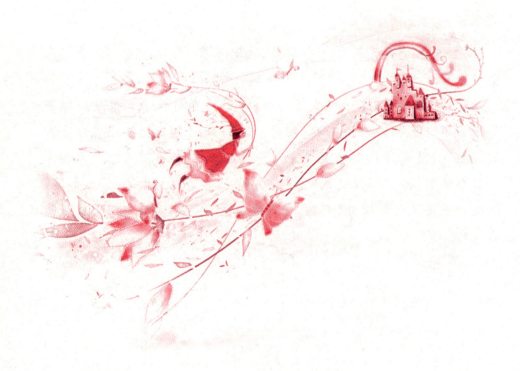

第5辑

他托起我的手臂

　　一个7岁孩子小小的意外举动让妈妈在众人面前感到丢人，但是当妈妈了解到孩子是因为帮助别人而"失误"时，很为孩子感到骄傲，孩子小小的举动却饱含着爱的心灵……

　　关爱是细小的，可以是朋友在迷惘时你即时的点拨；可以是你捐出的一分钱；关爱又是宏大的，它对一些高尚的人而言意味着一生的奉献，以至生命的付出。我们都不是伟大的人，但是我们可以用伟大的爱做生活中每一件最平凡的小事……

慷慨的友情 文 罗 兰

> 了解别人,是我们生活中很大的一项快乐。没有人不需要友情。越是表面上孤独怪癖的人,越是渴望着朋友。

　　我读中学的时候,学校有很大的宿舍,可以给远道的学生住宿。我家住在乡下,所以我也住在学校里面。

　　住读和走读最大的不同就是,住读生可以多有三四倍的机会认识自己的同学。因为大家不只是上课的时间才在一起,而是游戏、自修、吃饭、休息全都在一起,所以同学之间的感情就不像走读生彼此之间那么简单。

　　在十几岁的中学时代,尤其是女生,同学们彼此之间常常有很要好的时候,也有很不要好的时候。也有时几个人好得不得了,成为一个集团,然后大家抵制一个人,让她孤立得可怜。

　　究竟大家对某一位同学的好恶是以什么为标准? 那可很难说,有时只是因为某人的个性有点儿与众不同,或只是一句话:"看着她不顺眼",于是大家同心一气,那个同学就被孤立起来了。因为只要大家无形之中决定对某人抵制,就没有人再敢冒犯众怒去和那人来往,以免因此而被人加以同样的抵制。

　　但我那时也许是基于一种正义感,也许只是一种幼稚的标新立异的心理,每逢有这种情形,我必定会离开那"亲热"的集团,刻意去找那个被孤立的同学玩。而且我极力使自己相信,她一点儿也不坏,她是个值得交往的朋友。

因此,先后有好几位被大家抵制过的同学在感激之余成了我最要好的真正的朋友,因为她觉得我了解她。而我也好几次都证明了,被人看着"不顺眼"的人,其实只是人们没有认真去了解她。

事实上,每人都有他自己内在的优点、内在的可爱和可同情的地方,只是因为没有人肯去试着了解她,没有人给她真正的友情,所以她才越来越被人看着"不顺眼"。

后来我离开学校,进入社会之后,更时常发现这种被众人遗弃的人,也可以说是被"冻结"的人。

这种人有的是新调升的小主管,他原来和大家"同工同酬",彼此相处得也还可以。但自从他开始被上司另加青睐以来,同事便对他表示一种不信任和厌恶感。这种不信任,并不只是因为妒忌,而是从侧面生出来的一种对这个人的学问、品德方面的不信任和成见。于是这人的一举一动,就会平白无故地被认为"不顺眼"。

也有一部分人是不擅长交际的、性格内向的人,他给人一种冰冷的,但却是目空一切的印象。大家对他敬而远之,觉得不要接近他比较好,免得自讨没趣。

这两种人是社会上最常见的被"冻结"的人。

其实,我也讨厌过很多像这种的人,并且一点儿也不像读中学的时候那样,肯再独排众议地去和他接近。因为觉得自己长大了,以前那种傻劲似乎没有必要。

直到最近,有一次在街上遇到一位曾经被所有的同事看着"极不顺眼"的小主管。我本来想假装没看见他的,可是他却笑容可掬地和我打招呼,接着和我谈起这几年分开后的情形(他现在还是原地方的小主管),和我谈一些日常生活上的话题,问我的近况,我的家庭,谈到年纪和胖瘦,显示出和他平时完全不同的另一面。

我忽然觉得,如果这时我问问他生活和工作方面的情形,他一定会诚恳地告诉我一些发自内心的话;他一定也一样有他个人的困难、

个人的快乐、个人的牢骚和抱负；他一定也非常需要别人的同情、了解、支持和鼓励、建议和劝告。他或许也有事业和家庭方面的苦衷，无论如何他不会是真的冷冰冰，不通人情的。

社会上很少人是真正冷冰冰，不通人情的。不过，因为地位的关系，或因为个性的关系，他没有机会像其他的人一样可以任意剖白自己，解释自己而已。

和他分手之后，我觉得在一时之间，把以前对他的恶感完全冲淡了；而且我想：以后有机会，我愿意试着多去了解他，他可能和大家心目中所认为的完全相反。

了解别人，是我们生活中很大的一项快乐。没有人不需要友情。越是表面上孤独怪癖的人，越是渴望着朋友。

如果我们能排除自己和众人的成见，完全以一种坦诚、同情的真心去了解对方，融化对方，把他表面那一层冷冷的冰融解开，使他把自己的思想和情感为你开放，你会觉得友情是多么可贵，你会体会到一种完全不自私的快乐。我真愿意你也去试试看！

 **关爱心语**

阳光是慷慨的，空气是慷慨的，大地是慷慨的，同样，友情也需要慷慨。如果人人都能像阳光、空气、大地一样地慷慨为人，慷慨处事，学着以一种坦诚、同情的心去了解对方，那么一切将奏出和谐的乐章。

 文 王连波

请尊重我的馒头 <small>文</small> 侯焕晨

> 突然他猛地一拍桌子:"你们,你们太过分了!"大强还是嬉笑着一副满不在乎的表情。"你们可以戏弄我,但是必须尊重我的馒头!"他喊了起来。

　　他是我初中时的同桌,瘦瘦的清白的脸色,人很老实不太爱说话。他家住在偏远的郊区,那里属于这座小城的贫困地带。

　　也许是家远的缘故,中午放学他不回家。学校有食堂,可一次也没有见他去过。他的午饭很简单,一个白面馒头,一根细细的咸黄瓜,一罐凉开水,天天如此。

　　冬天,每当第三节课下课铃声响起,他就从那个洗得发白的帆布兜里掏出用旧白纱布层层包裹的馒头放在身旁的暖气片上烤热。

　　而夏天他走进教室的第一件事就是打开纱布把馒头放在书桌里,他是怕天热馒头坏掉。我们之间很少交流,自习课上,前桌后桌聊得热火朝天,而我们却很安静,他偶尔开口说话只是向我借橡皮、小刀之类,之后又迅速转过头。渐渐地,我对他产生了反感,都什么时代了,他的思想还像他身上穿的那件肥大的灰夹克一样陈旧。

　　班上有四个调皮的同学号称"四人帮",整天无所事事以欺负和戏弄同学为乐,老师也拿他们没办法。他不合群的个性引起了"四人帮"的憎恶,"四人帮"经常变着法戏弄他,他都置之不理。他平淡的回应更激起了"四人帮"的愤怒,"四人帮"认为他孤傲,看不起他们。

一天早上,他刚进教室,粉笔头就从四面八方飞来打在他的身上脸上。我以为他这下一定会愤怒得大吼大叫,但他像什么事也没发生似的,很平静地抖抖衣服,挺直胸膛,走到座位上坐下了。

第二天,依然如故。不过这次"四人帮"发射的子弹是刚刚嚼过的泡泡糖。泡泡糖黏性很强,粘到头发上不容易拿掉,从上午到下午他都在和粘在头发上的泡泡糖作斗争。我心里为他打抱不平,忍不住对他说:"你为什么不反抗?你为什么不告诉老师?"他淡淡地说:"我没时间理他们,我还要学习。"我觉得这只不过是他的借口,他在掩盖骨子里的懦弱。

安宁了几天,"四人帮"卷土重来。那天下课后,他刚把馒头放在暖气片上,就被"四人帮"的领头羊大强抢去了。大强把馒头当成了皮球,飞起一脚,馒头打在教室顶棚上,又落在地上滚到了讲台旁边。"四人帮"一伙儿用挑衅的目光看着他。他的脸由红变青由青变紫,他猛地站了起来,双手颤抖着,眼睛瞪得好大。

突然他猛地一拍桌子:"你们,你们太过分了!"大强还是嬉笑着一副满不在乎的表情。"你们可以戏弄我,但是必须尊重我的馒头!"他喊了起来。大强上前一步,身后的三个追随者也凑上前来。教室里弥漫着浓浓的火药味。

他平视着他们,一字一句地说:"你们欺负我,我可以不在乎,因为早晚有一天你们会明白那是不对的。可是请尊重我的馒头!你们应该知道那是我的午饭!"大强一伙不动了,看着他。"我家全靠妈妈一个人操持,爸爸长期病倒在床上。本来我是应该住校的,本来我中午应该去食堂吃饭吃菜,可是我家没有钱!而在家里,只有我一个人可以吃馒头,我妈说我上学不能缺了营养,而我7岁的妹妹只能眼巴巴地看着!每天晚上,妈妈都用小锅在炉子上给我蒸一个馒头,只能蒸一个。一袋面可以蒸好多馒头,正好维持我一学期的午饭……"他说不下去了,眼里噙满了泪水。

大强一脸愧疚地低下了头。他擦了擦眼泪,离开了座位,大强一伙自动闪到了一边,他弯下腰捡起了那个已经裂开大口子的馒头,用手擦拭着,我清楚地看见他那大滴大滴的泪珠落在馒头上。他擦得很认真,一遍又一遍。教室里响起了几个女生的抽泣声,那一刻,眼泪也漫过了我的脸颊。

第二天早上,他的桌子上堆满了好多食品,有汉堡包、面包、火腿肠,其中有一个醒目的半透明大塑料袋里面装满了蛋糕,那是大强送的。

他站起来向同学们鞠躬,教室里响起了震耳欲聋的掌声,"谢谢"两个字被他重复了十几次。

我们都明白,其实我们应该对他说声谢谢,那天,他用他的行为给我们上了永生难忘的一课。从那以后,我不再把自己的观点强加于身边的每一个人,不再挑剔家人为我做的每一顿饭,因为我知道,每一个人都有他的自尊和坚强的一面,每一顿饭里都含有亲人对我的无限关爱。

关爱心语

　　每一个人都来自不同的家庭,有着不同的生活习惯和方式,也许别人的生活是我们所不了解也没有尝过的苦难经历,因而更需要我们的关心和爱护。请尊重那些如馒头般的细微处吧,因为那里包含着那个家庭里的母爱,包含着那个家庭里每一个为了克服困难而努力生活的人的气概。

文 倪玮琳

关照别人就是关照自己 _{文 藩 炫}

结果,再也没人从花圃里穿过了。最后镇长意味深长地对哈默说:"你看,关照别人就是关照自己,有什么不好?"

美国黑人杰西克·库思是当时美国一家名不见经传的小报记者。因为种族歧视,在那家报社中他感到四面楚歌,受人排挤。与别人交往更成了他最头疼的事情。

那时,美国的石油大王哈默已蜚声世界,报社总编希望几位记者能采访到哈默,以提高报纸的声誉与卖点。

杰西克便在心底暗暗发誓,一定要独立完成稿子,以便让他们不再轻视自己。

有一天深夜,杰西克终于在一家大酒店门口拦住哈默,并诚恳地希望哈默能回答他的几个简短问题。

对杰西克的软磨硬泡,哈默没有动怒,只是和颜悦色地说:"改天吧,我有要事在身。"

最后迫于无奈,哈默同意只回答他一个问题。杰西克想了想,问了他一个最敏感的话题:"为什么前一阵子阁下对东欧国家的石油输出量减少了,而你最大的对手的石油输出量却略有增加?这似乎与阁下现在的石油大王身份不符。"

哈默依旧不愠不火,平静地回答道:"关照别人就是关照自己。而那些想在竞争中出人头地的人如果知道,关照别人需要的只是一点点的理解与大度,却能赢来意想不到的收获,那他一定会后悔不迭。关照,是一种最有力量的方式,也是一条最好的路。"

哈默离去后,杰西克怅然若失地呆站街头。他以为哈默只是故弄玄虚,敷衍自己。当然那次采访也没有收到预想的效果,他一直耿耿于怀,对哈默的那番不着边际的话更是迷惑不解。

直到10年后,他在有关哈默的报道中读到这样一段故事——在哈默成为石油大王之前,他曾一度是个不幸的逃难者。有一年冬天,年轻的哈默随一群同伴流亡到美国一个名叫沃尔逊的小镇上,在那里,他认识了善良的镇长杰克逊。

可以说杰克逊对哈默的成功起到了不可估量的作用。

那天,冬雨霏霏,镇长门前的花圃旁的小路变成了一片泥淖。于是行人就直接从花圃里穿过,弄得花圃里一片狼藉。哈默也替镇长痛惜,便不顾寒雨染身,一个人站在雨中看护花圃,让行人从泥淖中穿行。这时出去半天的镇长笑意盈盈地挑着一担炉渣铺在泥淖里。

结果,再也没人从花圃里穿过了。最后镇长意味深长地对哈默说:"你看,关照别人就是关照自己,有什么不好?"

从这个故事中,杰西克也终于领悟到,每个人的心都是一个花圃,每个人的人生之旅就好比花圃前的小路。而生活的天空又不尽是风和日丽,也有风霜雪雨。那些在雨路中前行的人们如果能有一条可以顺利通过的路,谁还愿意去践踏美丽的花圃,伤害善良的心灵呢?

从那以后,杰西克与报社其他同事坦诚相处。他知道,理解和大度最容易缩短两颗敌视的心之间的距离,而关照就是两颗心之间最美的桥梁。

同事们不再排挤他了,亲切地喊他"黑蛋"。而直到多年后,他卸下报社主编的重担,一人隐居乡间安享晚年的时候,围着他蹦蹦跳跳的不同肤色的孩子们也喊着他"黑蛋",因为,他的邻居们真的已记不得他叫什么名字了。

关爱心语

　　人与人在相互交往之中存在着一种无形的力量,这种力量很简单,我们给予什么就会收获什么,给予别人关怀我们也会收获一份关怀,如果给予别人白眼,那么我们也不会得到别人的好脸色。为了让我们的心灵花圃更加美丽,多做些帮助和关照别人的事吧。

文 采 露

林肯的家教 _文 (美)威廉·贝内特

　　第三天中午他又来到了这里,看到有一个浑身插满了野鸡毛的印第安人在那里等他。他们彼此语言不通只能通过打手势来对话。

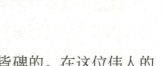

　　林肯的真诚与宽容在美国历史上是有口皆碑的。在这位伟人的身上体现出的这种美德,与他继母的教育是分不开的。

　　由于家境困难,林肯12岁的时候不得不中止学业,去做了一个伐木工人。那个时候伐木工人的工资很低,伐一立方米的木材只有1.2美元的报酬。当时伐木全是手工劳作,所以工作的效率也很低,一个人要干两天才能伐到一立方米。伐倒了木材,工人们就在木头的尾部用墨水写上自己名字的第一个字母,表示这根木头是自己伐的,然后再去向老板要钱。林肯的全名是亚伯拉罕·林肯,所以他就在自己伐倒的木材上写上一个"A"字,但是有一天他发现自己辛苦砍伐的十多根木头被人写上了"H",这显然是有人盗用了林肯的劳动成果。

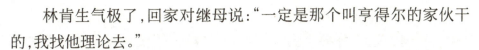

　　林肯生气极了，回家对继母说："一定是那个叫亨得尔的家伙干的，我找他理论去。"

　　继母看着林肯说："孩子，你先别急，听我给你讲个故事。"

　　"故事？和这件事有关吗？"林肯奇怪地说。

　　"是的。听完了你就明白了。"于是黛丝平静地讲了起来。

　　"从前有一片大森林，那里有一个善良的人，名叫斑卜，他以打猎为生，经常在密林中安装捕兽套子。由于他安装的地方是野兽们经常出没的路线，所以几乎每天都有收获。有一天他又去收套子，却发现套子上只有动物脱落的毛，动物已经被别人取走了，斑卜很生气，但又不知是谁干的，他想留个条子，可是不会写字。于是他就在纸上画了一张很生气的脸，放在套子上。第二天他又去收套子，发现套子上有一片大树叶，树叶上画着一个圈，圈子里有房子，房子旁边还有一只狂吠的狗。斑卜不知道是什么意思，他想：为什么别人拿走了我的动物还要画图呢。他觉得应该和这个人见面说理，于是他就画了一个正午的太阳，还有两个人站在捕兽套边。第三天中午他又来到了这里，看到有一个浑身插满了野鸡毛的印第安人在那里等他。他们彼此语言不通只能通过打手势来对话，印第安人用手势告诉斑卜这里是我们的地盘，你不可以在这里装套子。斑卜也打手势说：这是我装的套子，你不能拿走我的果实。两个人的模样都很古怪，相互看得直乐。斑卜想，与其多个敌人，还不如多一个朋友，于是他就大方地将捕兽套送给那个印第安人了。

　　"这样大家就相安无事了，后来有一天斑卜打猎时遇到了狼群追赶，被迫跳下了悬崖，等到他醒来的时候，他发现自己正躺在印第安人的帐篷里，伤口上还有印第安人给他上的药。此后他就成了印第安人的好朋友，和他们生活在一起，共同打猎。"

　　黛丝讲完了故事，微笑着看着林肯说："你说斑卜做得对吗？"

　　"他做得很好，这样就少了敌人，多了朋友了。"

　　"那么你宁愿要朋友还是要敌人呢？"

Five

“当然是朋友了。”林肯毫不犹豫地说。

“对呀，孩子，你要学会宽容别人，这样才能使自己的路越走越宽广。要不然，你在社会上就会到处树敌，很难成功的。”

“我知道了，母亲。”林肯很懂事地点点头。

关爱心语

　　林肯的宽容肯定不单单是一个故事就塑造而成的。就如同生活中的我们一样，做一件好事并不难，难的是一辈子做好事。所以，天长日久的宽容养成了一种习惯，而习惯的积累，就形成了一种好的教养。我们能做的，除了从林肯的身上学习他的教养之外，就是从现在开始，一点一滴地积累我们的小宽容，慢慢等待着好教养的形成……

文 采 露

位置给你留着呢 <small>文 夜幕星辰</small>

> 课开始了，郭子在门口探头探脑起来，他见教室满满当当的，估计不会有他的位置了，就转过了身，准备离开。

　　郭子是我的大学同学，人很聪明，但并不是一个听话的学生。记得那时候，他对英语十分排斥，怎么也学不进去。自然他对英语课也就喜欢不起来，常常要迟到几分钟，而且总装出一副气喘吁吁的样子，老师也就不太好批评他了。

　　后来他得寸进尺，有时甚至学了嬉皮样，一手托着墨水瓶，一手

112

夹书大摇大摆走进教室,派头比谁都大,全班同学常被他逗得哄堂大笑。老师往往要等两三分钟才能有开始授课的那种气氛。

令我们奇怪的是,面对郭子这样的调皮捣蛋鬼,英语老师一次也没有发过火。他总是摸摸自己已开始秃的头顶,眨着一双带着笑意的眼睛,对站在教室门口的郭子说:"请进来。"他的语气就像约会中对一个晚到的朋友那样充满了宽容,没有一丝的怒气或者责备。郭子就走进来,他总是坐到第一排第一个座位,因为那里离门口最近,出去进来都十分方便。久而久之,那里就成了郭子的"专座",我们都不去坐它。

不久就听说英语要实行考级了。过不了关的人,连毕业证也拿不到。我们的英语课一下子多了很多外班来选修的同学。课堂上开始人满为患,稍微来晚的人,根本找不到位置,只好自带凳子听课。

有一天上课铃声响了,郭子又没来,一个外班女生走到了第一排第一个座位前,同时把她带的凳子放在一边。我们盯着郭子的"专座",为它即将不"专"而担心,其实是等着看郭子到时候闹笑话。

这时候英语老师突然对那个女生发话说:"这个位置有人的。你带了凳子,就请把位置让出来好吗?"

显然他是给郭子留的。这样的老师,似乎太懦弱可欺了。

课开始了,郭子在门口探头探脑起来,他见教室满满当当的,估计不会有他的位置了,就转过了身,准备离开。

英语老师早看见他了,说:"郭子,位置给你留着呢。"

郭子愣了一下。第一次,他有点不好意思地走进来。

后来郭子又有几次习惯性的迟到,每一次,英语老师总是让那第一排第一个座位空着,每一次他都对门口的郭子说:"位置给你留着呢。"

郭子从我们嘴里知道老师特意给他留座位,就拉着我一起去问英语老师:"为什么呢?想想,有时候我对您并不太尊重啊。"

那个头已经秃的老头,照旧眨眨他的眼睛说:"对你的迟到,我有

时是不太舒服，但有一点是，我从来没怀疑过哪一堂课你不会来，你只是晚到几分钟罢了。"

回来的路上，郭子这个有点玩世不恭的小子什么也没有说。奇怪的是，从此以后，他上课再也没有迟到过了。

"位置给你留着呢。"我们的英语老师开出了一剂宽容与耐心的良方。在他的心上，每一个学生都有一个最适当的位置。

用耐心作为药，用宽容作为材，用一句"位置给你留着呢"作为药引子，这个有些秃顶的英语老师终于对症下药，把郭子的小毛病医好了。拍手称赞之余，我们可以分析一下，如果只有耐心，如果只有那句话，这剂药能起作用吗？显然，宽容和关爱是药方的精髓，有了它做底，药效才有作用。

文 采露

他托起我的手臂 文 睡醒的雪

我们没有回家，在那片姹紫嫣红的树林里走着，因为这里没有嘲笑，没有伤害，只有满地的落叶铺开一条金黄的路，圣洁而美好。

我和孩子经常在林间小路上散步，从前他总是抓住我的手一甩一甩，边走边跳的，而现在他常常把我的胳膊向上托。我奇怪地问："妈妈很老了吗？"他笑嘻嘻地说："没有啊，妈妈年轻得像小草一样呢!""那你为什么要这样用力扶我呢?"孩子没有解释,笑着跳着跑远了。

晚上,孩子的老师打来电话,告诉我,孩子几乎每节课都要去卫生间,而且每次都会迟到。我的心一下子揪了起来,他在幼儿园曾经有过这个毛病,在医生的帮助下调养了很久才好的。现在怎么会又犯了呢?放下电话,我心急如焚,医生说过,治疗这种病不能有心理压力,我决定先观察几天。

星期六是他的7岁生日,亲友们热热闹闹地聚在了一家餐厅,因为他是我们这个大家庭里唯一的孩子,几乎每个人都牢记着他的生日。各式各样的生日礼物,金灿灿的王冠,写着祝福的蛋糕,都让他兴奋无比,也让我忘记了他的病。

真是凑巧,这天餐厅里还有两个孩子过生日,于是几家人建议让三个小寿星坐在一起。孩子们兴奋得高呼起来,引得饭店的老板也走出来了,他兴致勃勃地提出要给他们赠送生日礼物,但要求他们展示自己的才华。孩子们的即兴表演真的很精彩,吸引了许多客人的注意力。

老板的礼物拿出来了,我看见我的孩子眼睛一亮,紧紧盯住其中的一件礼物,那是一支蓝猫枪,他曾经给我描述过许多遍的一支枪。

老板提出,他将问一个问题,回答得最好的孩子,可以第一个挑选他最喜欢的礼物,因为三件礼物是不同的。

问题出乎意料的老套:你的理想是什么?要求说出理由。我看见我的孩子偷偷地笑了,眉目间是藏不住的得意,他以为一定会博得阵阵掌声的。我也笑了,冲他做了一个必胜的手势。

第一个孩子说要成为一名警察,第二个孩子说要做警察局局长,大家笑得前仰后合。轮到我的孩子了,他站起来,烛光如花朵般洒在他的脸上,那一刻,小小的餐厅显得异常安静,亲友们的目光格外殷切。

他用清亮的声音说:"我的理想是,永远和安锐一起上厕所,但理

由我不会说的。"

哄笑声,惊呼声,大人们惊诧的眼神,交头接耳的议论,家人尴尬的脸。一些就餐的孩子边笑边做鬼脸,其中一个肆无忌惮地喊着:"他脑子有病啊!"我可怜的儿子,此时还没有把目光从蓝猫枪上收回来。老板不停地干咳,也许他真不知道该如何收场。

我的直觉告诉我,一定要以最快的速度带我的孩子离开这里。他刚刚7岁,他有权说愚蠢的话,有权做愚蠢的事情,任何人都无权如此伤害他!我牵了他的手,这时候,他的手居然又轻轻地托起我的胳膊,这个习惯性的动作让我的心隐隐一痛,我们一起逃离了餐厅。

我们没有回家,在那片姹紫嫣红的树林里走着,因为这里没有嘲笑,没有伤害,只有满地的落叶铺开一条金黄的路,圣洁而美好。

"妈妈,你记得安锐吗?我上幼儿园的同学。"孩子握着我的手。

我当然记得,3年前,安锐从5楼的阳台上摔下来,伤得很重,媒体做了大量报道,许多人自发地到医院去捐款,安锐父母流泪的大幅照片,至今还烙在我的心里。

儿子告诉我,安锐现在是他的同学,但他留下了严重的后遗症,他的腿软弱无力,在学校上厕所的时候,总要跪着上,而且他每节课都要去卫生间。有许多同学去帮助他,可是安锐无法忍受老师在表扬那些同学的时候,总是要提到他"上厕所"这几个字。安锐感到羞耻,他恼怒地拒绝了别人的帮助。我的儿子告诉安锐,他会为他保密,他不要表扬,不要小红花,不要奖状,所以安锐接受了他的帮助。

我终于知道了,我的孩子身体没有病;我也知道了,孩子搀扶安锐已经成了一种习惯,所以才会那样去托起我的手臂,他的善良也成了一种习惯。

我带他到许多玩具商店去搜寻蓝猫枪,可走遍大街小巷也没有找到。我握着儿子的手,心底充满歉意;但我同时也很骄傲,因为我从孩子这里,得到了一个母亲所能得到的最贵重的礼物。

关爱心语

一个天真无邪的小男孩，以"永远和安锐一起上厕所"为理想，这个看起来让人啼笑皆非的理想是源自他饱含爱的心灵，以及他那时时处处为他人着想的品性。生命之中，爱的赠与并不一定要求回报，就像这位可爱的男孩一样，心中有爱的人，总是充满朝气，对人生乐观、进取，令人愿意接近。播下一种爱的行为，收获一份爱的习惯，以爱待人，别人也会同样爱你！

文 王 嘉

元 元 文 木鱼笃笃

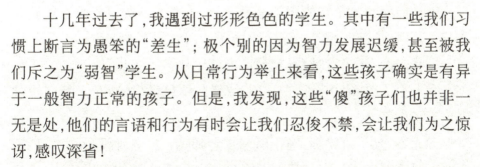

或许，在常人的眼中，元元并不聪明，甚至愚笨，但他却有一颗善良的心，一颗懂得关爱他人、懂得感恩社会的心。

十几年过去了，我遇到过形形色色的学生。其中有一些我们习惯上断言为愚笨的"差生"；极个别的因为智力发展迟缓，甚至被我们斥之为"弱智"学生。从日常行为举止来看，这些孩子确实是有异于一般智力正常的孩子。但是，我发现，这些"傻"孩子们也并非一无是处，他们的言语和行为有时会让我们忍俊不禁，会让我们为之惊讶，感叹深省！

元元就是这样一个四年级的孩子。在班里，元元经常受到捉弄和嫌弃。

　　学校为了使孩子们养成良好的行为习惯,制定了小学生守则、班级公约,还经常开展各类竞赛和主题队会。可孩子毕竟还小,文明习惯的养成也需要过程和时间。一系列的活动和措施,未必能获得预期的成效。有些孩子在学校是行为习惯示范生、三好学生,可回到家,走上社会,可能又会是另外的模样!

　　元元却不是这样!

　　在学校里,元元每一次碰见老师,不管是走着还是跑着,他都会来一个急刹车,然后毕恭毕敬地行一个队礼,含含糊糊地喊一声:"老师好!"

　　你去元元的家里,他更是好客。不像一般的孩子,要么扭扭捏捏地靠在父母身边,要么干脆躲起来或跑得不见踪影。元元会招待我们,很热情,还不停地给我们拿水果吃。

　　四年级的孩子力气小,班里的矿泉水我帮着他们搬。每一次我把水放上饮水机,孩子们都会急急忙忙地排好队。元元却不着急,有时还会盯着我看:"老师,你出汗了,谢谢你哦!"

　　我不由一乐,表扬他:"还是元元最有礼貌!"

　　元元摆摆手,说:"不用谢!"竟也没再多说话,自顾自喝水去了!

　　学校组织综合实践活动,我带着孩子们走在大街上。菜场门口有一个下肢瘫痪了的老乞丐,看见路过的人们,他努力地支撑着躯体,摇着破盆子不停地叫喊:"可怜可怜我,给点吧……"

　　走在前面的孩子有的用手捂鼻子,有的往另一边退着躲避。元元离开了队伍,从裤兜里摸出两个小橘子放入老乞丐的碗里。

　　等我走近,元元就喊我:"老师,老乞丐快饿死了!"

　　我一个人带着30多个孩子,不敢稍有懈怠,只是冲元元喊:"快过来! 走了!"

　　元元不答应,直跺脚,嘴里喊着:"老师骗人! 老师没爱心!"说完竟然自己往前走了! 我一急,叫停了队伍,追上去拽住元元!

　　元元还是不依,非要我给老乞丐买面包不可!

我只好答应,没好气地说:"傻孩子,就你有爱心!"

元元不傻,元元可是校园里的知名人物。

元元课余时间喜欢在校园里到处走走,在草地上逮蚱蜢,在花坛边追蝴蝶,有时还会到池塘边看荷花,他说,荷花可香了!

走着走着,元元跑到了校长室门口。校长也认得他,招呼他进了办公室,请元元吃糖,吃水果,还和他聊天。元元说:"校长不凶,校长真好!"

上音乐课,元元不知为什么溜出了教室,老师和同学找了半天,在教学楼西侧的楼梯下面发现了他。元元坐在地上"吧嗒吧嗒"地吃莲子,鞋子扔在一边,脚丫子上都是污泥,

我又急又气,恨不得把他拖过来给他几巴掌。我吼他:"谁叫你乱跑?你知道有多危险?"

元元却不着急,还往嘴里塞莲子,嘟哝着说:"校长的花瓶空了,我去摘花!"

哦!这孩子!脚边还真有一株荷花,一株快要凋谢了的荷花!

校长闻讯后震惊不已!

校长没有发火,召集全体老师召开了一次安全工作会议!

私底下,校长和我谈及了元元:"这傻孩子呀,我都被他感动了!以后我们更要用点心思了!"

傻孩子,真傻吗?莫不是我们这些所谓的正常人自作聪明吧?我有些迷糊,傻傻地问自己。看看,听听,傻孩子可真傻!傻得那么可爱,那么率真,那么有情有义!

 关爱心语

智力可能受损,但爱心永远不会。或许,在常人的眼中,元元并不聪明,甚至愚笨,但他却有一颗善良的心,一颗懂得关爱他人、懂得感恩社会的心。

我们欣赏生命,因为生命是一个奇迹。在那奇妙的一刻,生命诞

生了,从一开始它便焕发着灵动的光彩。因此,衡量生命价值的准绳,不是智力的高低,不是物质的丰盈,不是金钱的多少,而是那颗懂得关爱的心,是纯净心灵所折射的光芒。

文 王 嘉

一串紫水晶和12个男孩的约定 文 暮 雪/译

不论岁月如何变迁,9岁那年那个酷热的夏天,那场成功的球赛,还有邦妮那串我从未谋面的水晶项链,将永远在我的记忆里闪光。

那年的夏天非常热,整个小镇都被刺眼的阳光照得明晃晃的,空气里间或发出微微的声响,仿佛只要划一根火柴就能点燃。街上静悄悄的,难得看见一个人,天太热了,大家都躲在家里不愿出门,连罗埃里先生家那条最爱在街上捣乱的狗也很老实地趴在了空调房里。这时的小镇上只有一个地方最热闹,就是镇上教会学校的篮球馆。

邦妮还有几天就要离开小镇到温哥华去做心脏移植手术了,虽然大人们都瞒着她,不过她从他们焦虑的眼神中已经猜到了手术成功的几率并不高。正因为如此,她更加眷恋这个生活了16年的小镇。邦妮在临走前总爱到篮球馆看小男孩们打篮球,他们的青春和健康让她感到快乐和希望。于是,小学篮球馆的看台上总会坐着这个特别的观众。

暑期篮球队里一共有13个小男孩,10个正式队员,还有3个是后备。在这些小男孩里,邦妮最欣赏那个叫罗杰的孩子。罗杰是队里的后备队员,虽然他和大家同龄,但很显然,他的发育远远比不上他的那些伙伴们,他的个头小,弹跳力也不是太好,虽然他有很熟练的运球技术,可在比赛场上的优势并不明显。也许正因为如此吧,队员们不大爱给他上场的机会,还常常嘲弄他。可罗杰却从不气馁,仍是日复一日地参加篮球队的各项训练和活动。每当他从跌倒的地板上坚决地爬起时,轮椅上的邦妮总能感到自己的眼睛有一点儿潮湿。

也记不清是第几次了,邦妮又看到那些孩子们拒绝让罗杰上场,他们还趁教练不在的时候,大声地嘲弄他跳起抢球的样子有多愚蠢。这一次邦妮没有看到罗杰一如既往地坚持,他只是黯然地离开了球馆。

失去了罗杰的篮球馆对邦妮而言,好像是一下子就失去了生气。邦妮的心也黯淡了下来,她失望地想:不论如何坚持,生活中总是少有奇迹的。

邦妮转着轮椅从后门离开球馆,在门口,她却听到了两个人在小声地讨论着什么。说话的人正是罗杰和他的母亲。从他们的谈话中邦妮才知道,罗杰是个早产儿,所以体质较弱,但就是这样的罗杰却偏偏爱上了篮球。虽然先天不足,可罗杰还是想打好篮球。可惜,事与愿违,不论他如何坚持,同伴们还是不愿接纳他。

罗杰和母亲过两天就要离开这个镇子移民到瑞典,但他却仍然争取不到一个上场的机会。也许他也觉得自己已经没有什么希望了,所以他告诉母亲明天他会到篮球队取回自己的私人物品,然后做好移民前的准备工作。母亲要他振作一些,也许明天就会轮到他上场了,罗杰却只是无语地笑笑,那神情就像是邦妮刚才对自己说的:生活中不会有那么多的奇迹。

看着罗杰和母亲越走越远的身影,邦妮心里突然有一种很强烈的欲望,想要尽自己的一切能力为罗杰创造出一个生活中的奇迹来。她知道,这个奇迹带给小罗杰的信心,也许会改变他一生的命运。

邦妮转着轮椅又回到了球馆的更衣室边,她在这里等着球赛结束后前来换衣服的孩子们。球赛终于结束了,小男孩们嬉打着从球场来到了更衣室内,在更衣室前,他们看到了轮椅上的邦妮。

邦妮说出了自己的意图,她希望他们明天能让罗杰上场打球,因为这将是他最后的一场比赛;她还希望他们能让他在球场上有出色的表现。男孩们面面相觑,却没有一人表示赞同。在这几个八九岁孩子的眼里,他们不能理解这种无异于作弊的行为有什么特殊的意义。邦妮从脖子上取下了自己的紫水晶项链,这是母亲从国外带回送给她的,据说能带给拥有者好运。她说作为回报,她将会送给他们每人一颗紫水晶。晶莹的紫水晶在灯光的照射下光芒四射,对这个偏远小镇上的孩子们而言,这确实是一件很不同寻常的交换礼物。孩子们相互交换了一下眼神,答应了邦妮。

第二天,罗杰来到球馆取回自己的东西,如邦妮所料,他得到了一个上场的机会。邦妮坐在看台上,看着罗杰眼里噙着的欣喜的泪水,她的眼睛也不由地湿润了。教练很奇怪为什么今天所有的孩子都有些发挥失常了,而只有小罗杰异常的勇猛,一个人连续进了几个好球。他哪里会知道,这是因为12个孩子的背包里都藏了一颗代表好运的紫水晶。

那些孩子们不会明白,那次比赛对当年只有9岁的罗杰而言到底意味着什么,因为他们丝毫没有察觉到那时的罗杰已经陷入了绝望的边缘,而那场最后的球赛却让他找回了自己的信心,改变了他一生的道路;并且从那天起,他真的开始相信生活里是有奇迹的,因为,那个男孩就是我——罗杰·索耶。

多年以后,我从镇上的朋友那里得知了这件事情的真相,而邦妮还是因为手术失败而去世了。

十几年过去了,如今我已是瑞典斯德哥尔摩大学的一名研究生。不论岁月如何变迁,9岁那年那个酷热的夏天,那场成功的球赛,还有邦妮那串我从未谋面的水晶项链,将永远在我的记忆里闪光。

关爱心语

邦妮的一颗爱心,一个力所能及的义举,不仅为素不相识的罗杰争取到了参加篮球比赛的机会,更为小罗杰的心灵注入了自信与希望,从而改变了他一生的道路。

只有爱还不够,还要学会善于付出爱。不管是怎样的人,爱心是我们最宝贵的财富。让我们以爱为原动力,共同在爱的天空下快乐成长。

文 王 嘉

皮特,你是巧克力做的 文 刘晶波

每一个人,即使是很小的孩子,也有对于爱与安全的需要,有对被赞扬和被认可的需要。爱他人就首先要学会尊重他人。

皮特的父母是黑人,皮特的长相继承了父母的优点,黝黑光亮的皮肤,大大的眼睛,高挺的鼻梁,唇线分明而不失柔和的小嘴巴。在他们一家居住的社区里,皮特是小有名气的英俊男孩。皮特4岁时,他妈妈决定再回大学继续攻读她的心理学博士学位,于是他被送进了大学城里一家条件最好的幼儿园,成了班级里唯一的一个黑人孩子。

从家庭进入幼儿园的经历让皮特很兴奋,每天回到家总是要把幼儿园里有意思的事儿讲给家里人听。皮特的父母很为他高兴:在幼儿园里适应得那么好,有许多朋友,而且还那么开朗、那么精力旺盛,对

一切事物都充满了好奇心。

皮特的快乐持续了有半年左右。从4岁半多一点儿开始，皮特渐渐变得不那么爱说爱笑了；从幼儿园回来后，再不像以前那样迫不及待地去报告他一天的生活内容，常常是简单地应付几句妈妈的询问，便到一边去跟他的小狗保罗玩。

起初，皮特的父母以为皮特是随着年龄的增长，有了自己新的兴奋点、新的关注对象，并没把他的变化放在心上。但是没过多久，他们发现事情似乎并不像想象的那么简单。皮特不仅话变得少，情绪也越来越急躁，稍稍遇到不顺心的事就要大哭一场，好像整个世界都对不起他似的。

我到皮特所在的班级做观察时，皮特已经快5岁了。易烦易躁易哭的性情使皮特非常容易和其他孩子发生冲突，教室里常常会听到他的尖叫和同伴对他的抱怨。皮特的父母和老师都对皮特的情况感到头疼不已。皮特到底为什么会有这么大的转变呢？我和皮特的主班老师琳达决定一起寻找原因。我们分头注意观察皮特在教室内外的各种活动，并有意识地参与到皮特喜欢的电脑游戏与建构游戏当中去，和他一起玩，和他讲话。可是一个星期过去了，我们没有找到双方都能认同的原因。在我们感到有些棘手的时候，两个小女孩间的对话提醒了我们。

凯西和马丽在进行角色游戏，凯西装扮成一位太太的样子，抱着一个娃娃对站在一旁"烤面包"的马丽说："你知道，我的宝宝是牛奶做的。"马丽没有抬头，也没有答话。凯西以为马丽没听见自己说的话，走近了一些，又说了一遍："我的宝宝是牛奶做的。"马丽抬起头，盯着凯西，有些不耐烦地说道："我知道，你已经说了好多回了。"凯西没有预料到马丽会是这样一种反应，停顿了一下，又说："这是真的，白人的宝宝是牛奶做的，黑人的宝宝是木炭做的，亚洲人的宝宝是香蕉做的！"说完凯西便走开了。

　　凯西和马丽的对话引起了我的猜测：马丽说凯西已经说过好多回这个话了，那么或许皮特也听到过。18个人的班级中，有13个白人、4个亚洲人，只有皮特一个黑人，如果按照凯西的说法，其他人都是牛奶或者香蕉做的，只有皮特自己是木炭做的，这种说法也许会使皮特感到孤独，感到自己不如其他的孩子那么可爱。两天以后的上午，当全班的孩子围坐在地毯上的时候，琳达拿出了一本关于颜色的书，书的每一页上有一座涂满颜色的山，红色、绿色、白色、紫色——琳达一页页地指给孩子看，问他们那是什么颜色，并让他们举例说什么东西是这种颜色的。当她指到黑色时，凯西大声说："是黑色，木炭就是这种颜色。"凯西回答的时候，我注意到皮特的头低了下去。

　　"没错，木炭是这种颜色，可是你们再想想还有什么东西也是这种颜色？"孩子七嘴八舌地议论起来："汽车轮胎"、"乐乐的头发"（乐乐是一个中国孩子）、"我爸爸的帽子"、"皮特"……"对的，我认为你们说的都对，可是你们想想有一种非常好吃的东西，也是这种颜色的，想想看！""是巧克力吧？"我在一旁低声说。"巧克力！晶波说是巧克力，你们说呢？""我也认为是巧克力。""对，是巧克力。"几个孩子回答。

　　琳达转向刚刚抬起头的皮特："你说呢，皮特？"皮特显得有些紧张，慢吞吞地说："是有些像巧克力，可是那是我的颜色！""你说得好极了。皮特！我认为这就是你的颜色，同时也是巧克力的颜色。不信你过来把手放在书上比比看！"皮特稍稍迟疑了一下，尔后快步走到琳达身边，伸出了自己的手。"看！"琳达提高了声音对其他孩子说，"你们看，皮特的皮肤果然和巧克力的颜色一模一样！"

　　"难道皮特是巧克力做的吗？"我问道。"对呀，皮特，你是巧克力

做的吧？"皮特似乎有些不好意思，但是从他面带微笑地不时把自己的手举起来看了又看的样子，可以推断，他很为自己皮肤的颜色和巧克力相像而感到高兴。活动结束了，孩子各自去自己喜欢的角落里玩他们的游戏。皮特并没有像每天那样径直冲去电脑角，而是在附近的宠物角和图书角转悠了一会儿，尔后去了积木角，和迈克一块儿搭起了高速公路。

第二天户外活动的时间，皮特在玩攀登架。我想再强化一下他前一天的那种快乐感觉，便走过去对皮特说："嗨！皮特，我告诉你一个秘密，你知道，我非常喜欢吃巧克力！"皮特微微一愣，但转瞬就变得兴高采烈，忽闪着大眼睛对我说："你知道我是巧克力做的，那么你一定也喜欢我！"说着举起他的小拳头，伸到我嘴边："这是你的巧克力！""哇，真的是很好吃的巧克力。"我咂咂嘴，假装吃的样子。

那以后，皮特见到我都会主动地和我打招呼，并且还要问上一句："晶波，你还想要一些巧克力吗？"每一次我都会一边肯定地回答"是的，我非常想要巧克力"，一边蹲下来，迎接伸过来的小手。没过多久，皮特的妈妈说，皮特又像以前一样愿意讲述幼儿园里发生的事情了，而琳达和我也确实看到，皮特不再那样爱哭、爱发脾气了，他总是哼着音调玩他喜欢的游戏。

关爱心语

一句简单的"你是巧克力做的"就能帮助皮特从孤独、暴躁中走出来，重新找回从前的乐观。为什么这句简单的话竟有如此大的魔力？那是因为，这其中包含着真诚的爱与尊重。

爱他人就首先要学会尊重他人。尊重意味着要善于用他人的视角来看世界，意味着和他人交流时平视他的眼睛，意味着要时时处处换位思考。只有这样我们才能理解他人，才能得到他人的信任，才会发现这个世界是多么美妙。

文 王 嘉

是她为我关了窗 _文 周彦君

上天送给了我一个天使,这个天使虽然少了一双能够自在飞翔的翅膀,却有一副善良的心肠,而天使就在我身边。

这一学期开学时,翻阅班上的辅导记录后,发觉自己带的新班级里,有一位特别的学生小安。她是中度智能障碍的孩子,因为她的父母亲希望她能够"回归主流",与一般正常的孩子进行互动,所以来到了我的班级。

她看起来相当瘦弱,很怕生,很害羞,但说真的,我心里的紧张与不安,与她的恐惧正相形对比着。教学多年来,遇见的都是正常的孩子,这是第一次接触到智能障碍的孩子。我心里想着,这也许是上天要给予我的艰苦考验吧!

小安在班上很安静,静得几乎不发一语。她只认得自己的名字,对其他的汉字则一无所知。而我因为教学的忙碌,还要处理三十几个孩子大大小小的问题,所以一般情况下,我很少去注意她,更别说跟她多说上一些话。有些时候我甚至会错觉她是一个客人,这班级里的一个小客人,上学时,无声地来,放学时,无声地去。

直到有一天,我患了重感冒,不仅头晕眼花,更是整天鼻涕不停,昏昏沉沉,上课中,我不知去厕所吐了多少回……好不容易熬到了放学,学生一哄而散。这时的我仿佛虚脱般瘫坐在椅子上,没有力气。

忽地,我看见一个身影徘徊在门外。我起身一看,原来是小安。

我问她："已经放学了,怎么还不回家呢?"她回答我:"老师,你生病了,好可怜,我要留下来帮你关窗户。"我笑着说好,只见她天真地笑着,然后用不甚灵活的双手,一个窗户、一个窗户的走过,细心地拉好锁上……

当她关好所有窗户后,跑到我的身边,突然伸出她的小手,摸着我的额头,用娇嫩的童音对我说:"老师,你要赶快好起来喔!我会很坚强地照顾你的……"这句话,撼动了我的心,我眼含热泪抱住她,心中是满满的感动。我这才明白,原来,上天送给了我一个天使,这个天使虽然少了一双能够自在飞翔的翅膀,却有一副善良的心肠,而天使就在我身边。

 **关爱心语**

小安是独特的,她对他人的关怀纯粹是出于对生活的热爱,她的心中藏有大爱,并以此关照人,抚慰人,呵护人,爱人。

关爱他人之心是人类心田中最美的种子,它发芽之后,能开出爱之花,结出爱之果。拿出一点爱,捧出一份感恩之情吧,生活会因此而充满感动与甜蜜。

 文 王 嘉

请给我去挑担水　文 刘诚龙

> 能给别人帮助,是他当时最需要的一种自信、一种责任感,这让他感觉自己是有用的,触动了他内心善的一面。

　　我曾在老家一所学校教过一届学生,当班主任。班上有个学生外号叫光老大,人长得齐老师的头了,不读书,爱捣乱,与社会的"二流子"也有联系,成天不是给女同学递纸条,就是给男同学剃光头,搞得班上乌烟瘴气。

　　刚开始,我也给他开小灶补课,单独喊到办公室做"思想政治工作",他却横竖不进"油盐";后来去他家"告状",家长说得更气大:"我奈何不了他,全交给老师了,你们要把他教育过来。"再后来,我失去了耐心,对他要么视而不见,要么怒目相向。

　　有次上课,光老大冷不防越过几张课桌,扇了一位同学一个耳光。我怒不可遏了,走过去揪住他的衣领,狠劲地往办公室里拖,我那只手还痒痒的,准备扇他个耳光,但我忍住了。而他更觉得是一种奇耻大辱,扬言要喊人来修理我,但他好像也忍住了。此后我们两人视若仇敌,我把他晾在一边,他也没把我放在眼里,想上课就上,不想上来都不来了。

　　我们学校没有自来水,煮饭洗澡,要到两里外的村井去挑。那天,我打球崴了脚,偏偏缸里滴水不剩。在走廊上,我看到了光老大,忙喊了一声。他抬起头,茫然地看着我:"你喊我?"我笑着说:"我不能喊

你吗？"光老大不做声，站在那里不动。我说："请你帮个忙，我脚崴了，给我去挑担水来。"光老大挑了满满当当一担水来了，脸上汗珠直淌，却是一脸的笑。我不经意地在他额头上拂了一下，拂去了一些汗珠，光老大不做声，到教室里读书去了。

次日，他主动上门来给我挑水。我脚好了，不要他挑水了，他还争着去挑。甚至在农忙假、暑假里，我在家里割麦打禾挖红薯，他也不请自到，很"哥们儿"。我的话他很听，上课不再吵，与社会上的"二流子"也断了关系；更出乎意料的是，后来他考上了高中，还考上了大学。直到现在，还时不时给我发条信息，打个电话；逢年过节，也来看望我这个老师。

有一次，我问他，我曾对他好过，也对他凶过，"威逼利诱"都不见效，怎么一下子就转过来了呢？他说，就是那次喊他挑水，"那时，我的感觉是，老师需要我帮忙，我心里涌起了一种异样的感觉。"我明白了，能给别人帮助，是他当时最需要的一种自信、一种责任感，这让他感觉自己是有用的，触动了他内心善的一面。我不经意的要求，给了他一个向上的台阶——原来，在他心里一直是渴望做好孩子的。

 关爱心语

一句"请给我挑担水"奇迹般地拉近了师生间的距离，一次挑水的行动改写了这个"差生"的命运。原来，改变一个人那样简单，只要唤醒了他心中"沉睡"的关爱，给予他爱他人、帮助他人的机会，就能让他从中找到自我价值的所在，积极乐观地面对生活。

 文 王 嘉

第6辑

让阳光拐个弯儿

一个身患绝症的小女孩终日脸上苍白，因为阳光照不到她的病床，小女孩长时间闭着眼睛，不爱说话。一个同样身患绝症的小男孩为给她带去快乐，用两面镜子让阳光"拐弯儿"，将阳光反射到她的脸上，从此，他们的病房充满了笑声，伴随着快乐的笑声，小男孩与小女孩竟奇迹般地康复了……

一个被人关爱的人是幸福的，一个关爱别人的人是快乐的。当我们把奉献爱心当成生活中不可或缺的组成部分，温馨的感受便会溢满心田。

一张邮票 文 王虹莲

> 每个月,她会给母亲写封信报平安,说她在这里一切都好,那封信是联系她和父母的温情纽带。

那年,她才16岁,一个人从农村挣脱出来上了省城里的戏校。

只有她,是一个人背着行李来到省城的。很多孩子都有人送,但她很知足很高兴,因为第一次看到这么大的城市,还有宽阔的马路和那么多的公交车,新鲜感让她兴奋不已。她是个苦孩子,家里真的是一穷二白,上学的费用,是父母卖菜卖粮食以及捡些破烂卖钱凑起来的。

所以,她上学只有戏校发的一套衣服,鞋子除了戏校发的,她要再买一双,因为她要比别人付出更多的努力;别人6点起来练功,她4点半就起来了,因为她懂得,父母供她上学是多么难。从小,她是个捡煤核儿长大的孩子。

每个月,她会给母亲写封信报平安,说她在这里一切都好,那封信是联系她和父母的温情纽带。

那个月,她只有5分钱了,而邮票要8分钱一张。

她写好了信,却寄不出去,因为差3分钱,一枚邮票就能中止她和父母的联系。但她多想让父母看到这封信啊,于是她和自己的同学说:"可以先借我一张邮票吗?"

她那位善良的同学递给她一张说:"给你一张吧,不用还了。"

那一刻,她几乎感激涕零,也从此把那个同学的名字刻进了心里。那是一个很普通的名字——刘亚萍。

多年后,她成名了,接受电视台采访,回忆往事时依然眼里有泪光。因为那8分钱的邮票。

在她最困难的时候,在她只剩5分钱的时候,那张邮票胜过了黄金万两。当初,在信的最后她告诉自己的妈妈:"我没钱了,同学给了我一张邮票。"

还是多年后,已经成了歌唱家的她唱了一首脍炙人口的好歌《想起了老妈妈》,那首歌,让所有人泪湿衣襟。

因为她是用心在唱,只有用心唱出的歌,才能打动我们已经麻木了的心。

那个看电视的晚上,也因为她的讲述我落了泪,为那张她记得的8分钱的邮票,为她一直记得那个叫刘亚萍的女子;还有,为她对父母的那份心,那份爱。

她叫于文华,我们都知道的明星人物,来自于最底层,捡过煤核儿,吃过太多咸菜,穿过太多破衣服,但她含泪说:"我从不抱怨,因为过去的那些是我的一笔财富。"

至今她仍然是个朴素的女子,从不糟蹋一粒粮食,因为她是从苦日子中走过来的,并且她懂得感激;那艰难日子里给过她帮助的人让她难忘,那小小的一张邮票,给了她极大的温暖。

关爱心语

贫穷,让她懂得了勤奋,让她学会了坚强,让她懂得了珍惜,也让她学会了感激。在人生中,除了浓浓的亲情,真诚的友情也能让人感动得流泪。虽然只是一枚8分钱的邮票,却仍令人感受到了火一般的热情。那是发自内心的关爱,是人与人之间相互温暖、真挚联系的纽带。

文 陈 捷

忽然想起二毛 _文陈 炯

> 我可以离开二毛,二毛呢? 二毛又一次回到从前的状态,逐渐说话开始不清楚,记性也渐差,会背的唐诗和歌曲开始遗忘。

　　刚才,正在与网友激烈地讨论时,我忽然想起了二毛。这个名字毫无征兆地撞进我的脑海,撞开了一大片往日的记忆,让我防不胜防。

　　算算,离二毛突然死亡有……对不起,我想不起来具体的年数了,可能是6年,也可能是5年。这几年间我从来没有想起过他。即使经常会遇到他的父母兄长。

　　与二毛第一次见面的情形异常清晰地浮现出来……

　　一个胖胖的,比我高很多的男孩儿。他脸上有红色的暗疮,嘴角溃烂着,身上的衣服邋里邋遢。忽然,他发现了我,一下子跑到我面前,探着脑袋,瞪着我看,似乎要说点什么,却只是呼哧呼哧地喘气,有点像人猿泰山,有点可怕。

　　"二毛,你过来,别吓着别人!"来串门的王叔叔把他叫回身边,冲我笑了笑,"他不会伤你的,他是好奇,也很喜欢你,所以才这样。"

　　于是,我不知道从哪里来的胆子,居然走上前踮着脚去摸了摸他的头,说了句"真好玩"! 我就这样和一个弱智的孩子玩到了一起。

　　二毛不会叫人的名字,在认识我之前说得最流利的是"妈妈",其他的只会一个字一个字地蹦。我开始教他念我的名字,我的名字发音比较难,连同学都很少发对,他就更不容易学了,但是为了能够在和我

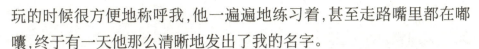

玩的时候很方便地称呼我,他一遍遍地练习着,甚至走路嘴里都在嘟囔,终于有一天他那么清晰地发出了我的名字。

在我和他妈妈的努力下,几个月后,他可以看一些一二年级的课本了,可以看着拼音读书了,甚至还可以跟着我唱完整首《冬天里的一把火》,可以丁丁冬冬地弹他的小扬琴,可以连续跳十几次的跳绳……

二毛越来越像一个正常的孩子了。

离我再次搬家的日子越来越近,我们将搬到很远的住宅小区,父母忙着准备新家的布置,我于是成了被放任自流的孩子,一日三餐要么由哥哥安排,要么到隔壁的高奶奶家里蹭。如果是后者,往往会跟个跟屁虫,那就是二毛,他总会也端着他的小木碗,尾随我去吃饭。

高奶奶很慈祥,对我很好,只是有点儿不喜欢二毛,有时候会拉着我悄悄地说:"那是个傻孩子,万一发起病来,就危险了,你不要和他太近。"

院子里的小孩子和班上的同学知道我有这样一个朋友,也非常惊讶:"你怎么喜欢和他一起玩儿?"要么就和我一起来逗二毛,看他口齿不清地念书,然后他们就哈哈大笑。我觉得这样不好,我不喜欢二毛被别人笑。

只是这样一次、两次、三次后,我慢慢也觉得二毛真的与众不同了。我开始不太耐烦地听他含糊不清的絮叨,不愿意和他一起玩简单的扑克游戏,不想耐心地听他弹根本没调的扬琴。因为我本可以有更多的和我一样能玩儿能闹能说话的朋友,我为什么一定要和他在一起?

我渐渐长大了,生活于我不再是这个狭长的院子里头顶的一巴掌天空。我走得更远,认识的人更多,我将有个新家,这里不再是那么重要和不可代替了。我可以离开二毛,二毛呢?二毛是离不开我的,他近10年来只有我这一个朋友。几天不见我找他玩儿,他会急得在屋子里转圈(他一急就喜欢转圈),然后蹦跳着到我们家来,而我们家往往紧锁屋门。他又一次被锁在了屋子里,度过一个个中午。听王阿姨后来说,他那时候嘴上经常嘟囔着叫我的名字。二毛又一次回到从前的状态,逐渐说话开始不清楚,记性也渐差,会背的唐诗和歌曲开始遗忘。

我直到离开的时候都没有再去找他,只是搬了新家后,请邻居们来坐坐,那天,二毛也来了,在我们宽敞的房间里兴奋地到处乱跑,妈妈在一旁逗他:"我们不在了,你会不会想我们啊?"他很清晰地大声说:"会!"我听到了,但是没有什么感觉。

原来长大就是这么容易,仿佛一夜之间花开,事先都是无预兆的。一夜之间,我就彻底走出了小院的时代,走出了二毛的生活,走出了我六七岁间的记忆。

最后一次见到他是在我上小学五年级的时候,我回到小院看高奶奶和老邻居,也看到了二毛。他样子没有变化,见到我的时候,他忍不住高兴地紧紧抱着我,自己开心地跳着,嘴里还呼哧呼哧地喘着气。

但是,我们的确不认识了,以前的一种默契,荡然无存。

我不习惯他的这种表达感情的方式,我觉得很过分;我不喜欢他邋遢的衣服,始终脏兮兮的手;我不喜欢他脸上说不清楚的疮疮痘痘。从他的眼睛里我读出了一种熟悉,更多的却是陌生,因为,他也叫不出我的名字了……

现在,我想我可以确切地记起二毛的死亡时间了,不是五六年前,而是8年前,我读初二的时候。

每年春节王叔叔他们都来看我们,初二那年的春节,我又习惯性地打听二毛的消息,这次的结果是出人意料的。王叔叔和王阿姨很平静地说:"死了。腊月里走的,因为哮喘病。"他们一点哀伤的表情都看不出来,想想也是,被这个多病而痴呆的孩子拖着,也拖了十几年了,再深的亲情都架不住时间流逝,经不起困难的考验。

"什么?"我的吃惊不是装出来的。"唉……"这声叹息是装出来的。

就此,二毛,如一阵烟雾,飘出我的生活。

我到现在还奇怪,怎么会在这个时候忽然想起了他,想起一个弱智儿童,并且还啰啰嗦嗦写了一堆废话。我生活里有意义的人该有更多,怎么我会想起给他写这样一个不算传记的传记?

然而回忆总是有收获的,我深深为自己对往事的那么多淡忘感到惭愧,我甚至都记不清一个和我童年生活如此联系紧密的人离开人世的日子! 我所记得的生活都是些什么呢? 弹玻璃球,跳猴皮筋,点灯笼,玩过家家,这些都是,也都不是! 我习惯性地拣取了那些美妙浪漫光明的一面留存在记忆里。

事实上是这样吗?

我一向以自己在这个社会中还继续率性而为的偏激而自豪,可事实上,我早就在第一次背弃二毛的时候就已经选择了向成人社会低头的路,我以放弃自己的独立判断思考为代价,以离开二毛为代价,接受了社会给我安排好了的习俗规范。而这一切的发生都是在我还那么小的时候!

我童年的最亲密的朋友——二毛,祝你在天上安好。

关爱心语

是什么让二毛出人意料地学会了看着拼音读书,唱完整首《冬天里的一把火》? 不是医学上的高科技手段,也不是神灵的出现,而是"我"的一份真挚的友情。所以,当"我"也离二毛而去,二毛便又回到了从前的弱智状态,说话不再清晰,记忆也越来越差⋯⋯这并不是他的病情又再次恶化,而是因为他的生命中再次失去了友人关爱的支撑。

文 王 嘉

让阳光拐个弯儿 文 熊夏明

整整一个下午,姑娘静静地享受那缕阳光,虽然还是闭着眼睛,却不断有泪水从眼角涌出,她试图擦去,却总也擦不干。

几年前,我生了一场大病,在医院里住了3个多月。病房里有四张病床,我和一个小男孩占据了靠窗的那两张;另外两张床,有一张属于那个姑娘。

姑娘脸色苍白,很少说话,长时间地闭着眼睛——只是闭着眼睛,不可能是睡着。她身体越来越差,刚来的时候还能扶着墙壁走几步,后来只能躺在床上。

我只知道:那姑娘是外省人,父母离异了,她随母亲来到这个城市,想不到一场突然的变故令母亲永远离开了她,她在这个城市里不再有一个亲人,也没有一个朋友。她正用母亲留下来的不多的积蓄,延续年轻却垂暮的生命。是的,她只是无奈地延续生命。一次,我去医护办公室,听到护士们谈论她的病情。护士长说,治不好了,肯定。

小男孩也生着病,但非常活泼好动,常常缠着我,要我给他讲故事,声音喊得很大。每当这时,我总是偷偷瞅那姑娘一眼,也总是发现她眉头紧锁。显然,她不喜欢病房里闹出任何声音。

小男孩的父母天天来,给儿子带好吃的,带图书和变形金刚。小男孩大大方方地把这些东西分给我们,并不识时务地给姑娘也分一份。如果姑娘闭着眼睛假装睡着,他就把东西堆放在她的床头,然后冲我们做鬼脸。

一次，我去医院外面买报纸，看见小男孩的父亲抱着头蹲在路边哭。我一连问了他好几遍，他才说儿子患上绝症，大夫说他儿子活不过这个冬天。

一个病房里摆着四张病床，躺着四个病人，却有两个病人即将死去，并且都是花一样的年龄！我心情十分压抑。

一切都是从那个下午开始改变的。

小男孩又一次抱着东西送到姑娘的床头。姑娘心情好一些了，正在听收音机里的音乐节目。她对小男孩说"谢谢"，还对小男孩笑了笑。小男孩得意忘形，赖在姑娘的床前不肯走。

小男孩说，姐姐，你笑起来很好看。姑娘没有说话，再次冲小男孩笑了笑。

小男孩说，姐姐，等我长大了，你给我当媳妇吧！病房里的人都笑了，包括那姑娘。看得出来，那是很开心的笑。姑娘说，好啊！她还伸出手摸了摸小男孩的头。

小男孩问：你的脸为什么那么苍白？姑娘说，因为没有阳光。

小男孩想了想，很认真地说，我们把病床调换一下吧，这样你就能晒到太阳了。

姑娘说，这可不行，你也得晒太阳。

小男孩仔细地想了想，拍拍脑袋认真地说，有了！我让阳光拐个弯儿吧！

所有的人都认为小男孩在开他那个年龄所特有的不负责任的玩笑，包括我；我想，也应该包括那姑娘。可是，小男孩真的让阳光拐了个弯儿。

小男孩找来一面镜子，放到窗台上，不断地调整角度，试图让阳光反射到姑娘的病床上，不过没有成功。我以为他要放弃的时候，他再找出了一面镜子接着试。午后的阳光经过两面镜子的反射，终于照在姑娘的脸上。我看到，姑娘的笑容在那一刻如花般绽放。

整整一个下午，姑娘静静地享受那缕阳光，虽然还是闭着眼睛，却不断有泪水从眼角淌出，她试图擦去，却总也擦不干。

从那以后，小男孩起床后做的第一件事，就是仔仔细细地擦拭那两面镜子，然后调整角度，将清晨的第一缕阳光洒在姑娘的病床上。而此时，姑娘早就在等待阳光了，她浅笑着，有时将阳光捧在手上，有时把阳光涂在额头。她给小男孩讲玫瑰和蜗牛的故事，给他折小青蛙和千纸鹤。慢慢地，姑娘的脸不再苍白，有了阳光的颜色。

有时，小男孩会跟姑娘调皮，故意把阳光反射在墙上，照在姑娘抓不到的高度。姑娘会撑起身体，努力把手向上伸，靠近那缕阳光。小男孩总是在姑娘想放弃的时候把阳光移下来，移到她的手上或身上。那段时间，病房里总响起他们的笑声。

我还记得医生惊愕的表情。每天，医生为他们检查完身体都会惊喜地说：又好些了！是的，小男孩与姑娘的身体都在康复。这是奇迹！

我出院的时候，姑娘已经可以下地行走了，她和小男孩手牵着手一起送我。

几年后，我见过那姑娘，当然她没有给那个男孩当媳妇。她刚出嫁，浑身散发着新娘独有的幸福芳香。她说，是那个小男孩和那缕阳光救活了她。那段日子，每天睡觉前，她都要想，明天一定早早醒来，迎接小男孩送给她的清晨的第一缕阳光。她说，她不想让天真、善良的小男孩在某一天突然见不到她。她说，那段日子一直有一缕阳光照在她的心里，给她温暖和希望。她还说，她不敢死去。

我也见过那男孩。他长大了，嘴边长出了褐色的细小绒毛，有了男子汉的模样。那天，我坐在他家的客厅沙发上，问他，那时你知道自己已经被判了死刑吗？他说，知道，只是还小，对死的概念有些模糊，却仍然害怕，害怕得很。他说，好在有那个姐姐，那段日子，每天睡觉前，他都要想，明天一定早早起床，让清晨的阳光拐个弯儿，照在姐姐的脸上。

140

不过是一缕阳光,却让奇迹发生了。我想,每个人的心里都有这样一缕温暖的阳光,你给予别人的越多,得到的就越多。

关爱心语

爱是世界上最伟大的力量,它能让人无往不胜。在我们付出爱的时候,也能获得双倍的欢乐与爱的回报。怀着一颗爱心与人交往,怀着一颗爱心感恩生活,就会发现生活的道路越走越宽,风景越来越美。

文 王 嘉

11岁少女的红舞鞋 文 田祥玉/编译

突然,她开心地笑了,如此柔软服帖,跟自己的红舞鞋一模一样。她喜滋滋地换上新舞鞋,一个人在寝室里跳起天鹅舞来。

离招生会结束还有一个小时,舞蹈学校的校长韦伯又一次看见了这个穿着红舞鞋的美丽姑娘,她有着修长的身段和一头漆黑的披肩长发。在招生会第一天,第一眼看到她时,韦伯校长就认定她的气质看起来很适合做芭蕾舞演员。

根据韦伯的观察,小女孩儿已经是第10次来到招生现场了,她天天都来,但总是只站在一旁观看,从来没有上前询问过报名事宜,却又依依不舍地踌躇在门口,迟迟不想离开。

好奇心促使韦伯走到她旁边:"嗨!我叫韦伯。"姑娘不敢相信韦伯校长会跟自己打招呼,犹豫半晌后才激动地涨红了脸回答:"我

141

叫波姬丝,认识您很高兴。"看到小女孩儿膝盖和胳膊上的伤疤,韦伯校长判断她至少练过5年的舞蹈。看得出这个小姑娘非常酷爱舞蹈,莫非她付不起学费? 韦伯说道:"还有一小时就停止招生了,再不决定就来不及啦。"他轻轻牵起她的手,说:"跟我来,让老师们看看你的表演。"

老实说,波姬丝的舞跳得并不很好,脚尖点地时身体还会失去平衡,但她的每一个动作都跳得很认真。并且,韦伯还注意到,她走路时,左膝盖似乎要比右边提得高一些。瞬间,韦伯似乎明白了什么。他知道,只有一个对芭蕾怀着最诚挚感情的孩子才会如此坚持。他决定给波姬丝一个机会。

接下来是形体检查,当工作人员要波姬丝脱掉舞鞋检查足部时,她突然不肯脱鞋子。看到老师有些恼怒,波姬丝小声说:"我的脚很臭,不能脱鞋子。"

这时韦伯走到她身边说:"那咱们就不脱鞋子啦。"他边说边伏下身要波姬丝抬起脚,韦伯的手还没触碰到她的左脚,波姬丝就再次尖叫着逃开了。韦伯微笑着转移了话题:"跟谁学的芭蕾舞呢? "波姬丝说:"自己偷偷学的,从5岁开始。"韦伯当即说道:"韦伯芭蕾舞学校暑期培训班最后一个学员,就是波姬丝小姐! 她将在学校进行两个月的专业芭蕾舞培训。"

这次报名的学员超过了500人,其中不乏一些优秀的小芭蕾舞演员,但韦伯最后只挑选了其中16个学员。学校宿舍5人一间,11岁的波姬丝被安排独自住一间。按理说,波姬丝是16个孩子中年龄最小的,应该和年纪大点儿的孩子们住一起。韦伯笑着问:"谁愿意跟一个鼾声如雷的家伙一起住呢?"孩子们这才恍然大悟。

第一节课,韦伯亲自给每个孩子分发学校统一的白色舞鞋,所有孩子都着急地解开鞋带为换上新鞋做准备,唯独波姬丝有些忐忑不安,她不但没有脱鞋子,甚至还将头埋在膝盖中间双手紧紧捂住自己的红舞鞋。

　　"波姬丝的脚太小了,暂时没有你穿的号码,你继续穿自己的红舞鞋。"孩子们听到韦伯校长的话都用同情的眼神看着波姬丝。穿着红舞鞋的波姬丝在队伍中显得有些不协调,更重要的是,波姬丝踮脚尖时常常因一次踮不起来,而打乱了整个队伍的节奏;有时还会因此绊倒其他的学员。

　　有些学员对波姬丝拉后腿感到不满,但韦伯校长说,站在正中间的学员的动作最难做,所以刚开始谁都没有指责波姬丝。训练一个月后,波姬丝的红舞鞋已经磨破,但她的舞艺仍然长进不大,有学员终于说话了:"波姬丝,请你跟上我们的节奏,你老是慢半拍,似乎你的腿一只长一只短!"同伴的指责让波姬丝伤心地跑回了寝室。

　　第二天,韦伯校长为波姬丝带去了一双专门为她定做的崭新的红色舞鞋。波姬丝有些惊喜又带着迟疑地接过鞋子,慢慢将手伸进鞋子里,突然,她开心地笑了,如此柔软服帖,跟自己的红舞鞋一模一样。她喜滋滋地换上新舞鞋,一个人在寝室里跳起天鹅舞来。

　　接下来的舞蹈课上,穿着新舞鞋的波姬丝跳得非常自如,她终于第一次没有拉同伴们的后腿。昨天质问她的那个学员主动跟她认错:"我还以为你的腿有毛病呢,原来是鞋子不合适啊。"波姬丝朝一旁的韦伯校长扮了个鬼脸,这是她来舞蹈学校这么久,第一次露出如此欣慰快乐的笑容。

　　剩下的一个月里,波姬丝的进步非常迅速,虽然在毕业时她仍然是跳得最差的一个,但跟两个月以前相比,她已经是一只很棒的"小天鹅"了。

　　当然,参加韦伯舞蹈学校暑期培训班的那些孩子们,大多数后来都偏离了年少时纯真的理想,但正如韦伯校长所预料的,波姬丝永远都没有放弃。多年后,韦伯收到了一封波姬丝从巴黎某大型舞蹈剧院寄来的卡片,卡片背后写着:"我曾被所有芭蕾舞学校拒绝,因为我是一个左脚比右脚短了一英寸的残疾儿童。直到11岁那年遇见您,韦伯老师,是您送给我这双可以维持身体平衡的特殊舞鞋,让我走进舞池

变成天鹅；是您为了袒护我卑微的尊严，让我以'鼾声如雷'的名义住进了单身宿舍；是您在我无比自卑的童年岁月里成全我的梦想……是您在我11岁那年，为我穿上了人生最美丽的红舞鞋！"

关爱心语

要不是韦伯校长的善解人意和刻意保护，脆弱的波姬丝永远没法自信地站在舞台上，圆她的舞蹈梦。韦伯校长以种种解释给了波姬丝最好的保护，用一双红舞鞋给了她信心和勇气，并用默默无声的关爱成就了波姬丝的未来。关爱原来如此重要！

文 张艳霞

战争中的回形针 文 高兴宇

回形针代表我给你的一个拥抱。当你情绪低落的时候，摸一摸它，就会知道有人在关心你、惦记你、轻轻地拥抱你！

她从没想过，一枚普通的回形针，竟然会让这些经历了战火纷飞、生死之痛的老兵们，深深地铭记10年。

20世纪曾经爆发过一场战争。

丽娜是一名普通的家庭主妇、两个孩子的母亲。她从报纸上看到，参战的士兵因思念亲人备感孤单，便决定以亲人的身份给他们写信：收信人是"每一位参战的士兵"，落款一律是"最爱你们的人"。信的内容则是一首小诗、一个有趣的故事，或者是几句勉励的话语。

白天她工作繁忙,回家还要照顾孩子,但她每天坚持写完20封这样的信。寄到参战部队之后,部队军官认为这是消除士兵恐惧、提高士气的有效措施,很快将信分发给那些很少收到信件的士兵手里。

光是写信丽娜还觉得不够,她总想找一些新颖的方法,表达最真切的关爱!偶然,她看到书桌上散落着几枚五颜六色的回形针,便灵机一动,给每个信封里装上一枚黄色回形针,附言道:"回形针代表我给你的一个拥抱。当你情绪低落的时候,摸一摸它,就会知道有人在关心你、惦记你、轻轻地拥抱你!黄色也代表胜利,我们在家乡期盼着你们凯旋!"

战争持续了40多天,丽娜一共寄走600多封装有黄色回形针的信笺。相比于600多亿美元的战争花费来说,丽娜的贡献实在微乎其微。日子一天天过去,转眼间,已经是战争结束10周年纪念日,丽娜早就淡忘了当初寄信的事情。

那天早晨,当丽娜打开自家的房门时,感到万分惊诧。

她家的门口笔直地站立着一排排穿戴整齐的男士,足有500余名,每人手里拿着一束鲜花,对着丽娜齐声喊着:"我们爱你,丽娜女士!"

刹那间,丽娜被鲜花和笑容包围。

原来,在战争结束10周年之际,参战士兵联合会进行了"战争中我最难忘的事"评选活动,"回形针关爱"被老兵们列为首选。陈年旧事一一浮现脑海,感慨万千的老兵们商定,一定要找到寄信人。

从邮戳上看,所有"回形针"信件都是从一个邮局寄出。虽然时间过去很久,但邮局还在,一位老员工恰好对热情善良的丽娜很熟悉,给了他们丽娜的详细地址。

于是,在10周年纪念日当日,老兵们相约来到丽娜家,送给她鲜花和惊喜。很多没有收到"回形针"信笺的战友们,也主动要求一起前往,表达他们对一位仁爱女士的挚诚敬意。

在后来的叙谈中,一位老兵说:"战争期间我曾想过自杀,是这枚回形针陪伴着我,让我从死亡和血腥里看到了温暖和光明。我知道有

人在想念我，爱护我，才有勇气继续战斗下去。"

另一位说："在我收到回形针
信件后，我一直在思索是谁寄给我
的。是我暗恋的女孩？还是邻居
好心的阿姨？或者是最铁的中学
朋友？后来，我想，不管寄信人是
谁，他（她）都是我正在浴血奋战、
全力保护的祖国人民。"

一个年纪30来岁的年轻人，
从兜里掏出那枚仍未退色的黄色回形针，感叹地说："我参军时还很
小，幸好有它陪着我，好比给冰雪中行走的人燃了一盆火，让沙漠中
跋涉的人有了一眼甘泉——这种陌生的深爱，即使在战争之后也温
暖着我，让我对生活永远充满期望和热情。"

……

丽娜的眼睛湿润了很多次。

她从没想过，一枚普通的回形针，竟然会让这些经历了战火纷飞、
生死之痛的老兵们，深深地铭记十年。是的，一个小小的善举，或许就
是一粒坚韧的种子，它会生根发芽，抽叶开花，让这个世界芬芳四溢，
美如天堂。

 **关爱心语**

一枚小小的回形针，居然是那些经历过枪林弹雨的战士们心底
最柔软的记忆，有些不可思议，是吗？丽娜的善举激励起士兵们对胜
利的渴望，对生活的勇气，这微不足道的举动，却有着举足轻重的作
用。关爱没有大小之分，只要付出，就会有回报，就好比一粒种子，会
慢慢地生根、发芽，在岁月的流逝中长成参天大树。

文 王连波

生命的药方 文 （美）托马斯·沃特曼

德诺的妈妈泪如泉涌:"不,艾迪,你找到了。"
她紧紧地搂着艾迪,"德诺一生最大的病其实是孤
独,而你给了他快乐,给了他友情,他一直为有你这
个朋友而满足……"

　　德诺10岁那年因为输血不幸染上了艾滋病,伙伴们全都躲着他,
只有大他4岁的艾迪依旧像以前一样和他一起玩耍。离德诺家的后院
不远,有一条通往大海的小河,河边开满了五颜六色的花朵,艾迪告诉
德诺,把这些花草熬成汤,说不定能治他的病。

　　德诺喝了艾迪煮的汤,身体并不见好转,谁也不知道他还能活多
久。艾迪的妈妈再也不让艾迪去找德诺了,她怕一家人都染上这可怕
的病毒。但这并不能阻止两个孩子的友情。

　　一个偶然的机会,艾迪在杂志上看见一则消息,说新奥尔良的费
医生找到了能治疗艾滋病的植物,这让他兴奋不已。

　　于是,在一个月明星稀的夜晚,他带着德诺,悄悄地踏上了去新奥
尔良的路。他们是沿着那条小河出发的。艾迪用木板和轮胎做了个
很结实的船,他们躺在小船上,听见流水哗哗的声响,看见满天闪烁的
星星,艾迪告诉德诺,到了新奥尔良,找到费医生,他就可以像别人一
样快乐地生活了。

　　不知飘了多远,船进水了,孩子们不得不改搭顺路汽车。为了省
钱,他们晚上就睡在随身带的帐篷里。德诺咳得很厉害,从家里带的

药也快吃完了。这天夜里，德诺冷得直发颤，他用微弱的声音告诉艾迪，他梦见200亿年前的宇宙了，星星的光是那么暗那么黑，他一个人待在那里，找不到回来的路。艾迪把自己的球鞋塞到德诺的手上："以后睡觉，就抱着我的鞋，想想艾迪的臭鞋还在你的手上，艾迪肯定就在附近。"

　　孩子们身上的钱差不多用完了，可离新奥尔良还有三天三夜的路。德诺的身体越来越弱，艾迪不得不放弃了计划，带着德诺又回到了家乡。不久，德诺就住进了医院。艾迪依旧常常去病房看他，两个好朋友在一起时病房便充满了快乐。他们有时还会合伙玩装死游戏吓医院的护士，看见护士们上当的样子，两个人都忍不住大笑。艾迪给那家杂志写了信，希望他们能帮助找到费医生，结果却杳无音讯。

　　秋天的一个下午，德诺的妈妈上街去买东西了，艾迪在病房陪着德诺，夕阳照着德诺瘦弱苍白的脸，艾迪问他想不想再玩装死的游戏，德诺点点头。然而这回，德诺却没有在医生为他摸脉时忽然睁开眼笑起来，他真的死了。

　　那天，艾迪陪着德诺的妈妈回家。两人一路无语，直到分手的时候，艾迪才抽泣着说："我很难过，没能为德诺找到治病的药。"

　　德诺的妈妈泪如泉涌："不，艾迪，你找到了。"她紧紧地搂着艾迪，"德诺一生最大的病其实是孤独，而你给了他快乐，给了他友情，他一直为有你这个朋友而满足……"

　　3天后，德诺静静地躺在了长满青草的地下，双手抱着艾迪穿过的那只球鞋。

关爱心语

　　小艾迪虽然没能给好朋友德诺找到延续生命的药方，但他却给了德诺一生中最好的"药方"，那就是孤独的药方——快乐的友情。
　　我们每个人都有害怕孤独的时候，我们都渴望有结伴同行的快乐。虽然命运一次次地捉弄我们，但我们可以用孤独的药方——友情来陪伴即将离去的朋友,以快乐蔑视死神,让温馨的幸福永远荡漾在逝者的脸上。

文 芳 芳

爱中有天堂 文 崔 浩

天堂并不在遥不可及的天上,如果我们曾经用心,曾经毫无保留地去对一个人好,那么我们就会发现,身边有爱,爱中有天堂。

两个小男孩是最好的小伙伴。在欢乐的童年时光,他们一起唱着歌长大。后来,两个人读同一所小学,仍然形影不离。

那天是个很普通的日子,他照样去找小伙伴一起上学,却发现小伙伴家家门紧闭,空无一人。听邻居说,小伙伴得了一种病,已被家人送到了医院。他二话没说背起书包就往医院跑,一直跑到筋疲力尽,他终于看到了躺在床上的小伙伴。小伙伴全身虚肿,痛苦不已。他问小伙伴还上不上学去,回答他的是不知所措的哭声。

他一个人去了学校。失去了小伙伴的他开始变得有些闷闷不乐。小伙伴患的是一种无法直立行走的病。他幼小的心灵并不太懂得忧伤,只是替小伙伴感到惋惜和难过,小伙伴不能走路而且失去上学的机会,他该有多么伤心。

他终于做出了一个决定:每天背着小伙伴上学和放学回家。只为了和小伙伴在一起的欢乐,只为了小伙伴能够上学。父母反对,因为怕他承担不起,他们也担心影响他的学习和生活。只有小伙伴高兴,

两颗童心的碰撞简单而且纯粹,少了世俗与顾虑。

他开始背着小伙伴迎来日出,送走晚霞。为了小伙伴上学,他必须绕远路去小伙伴家中接他上学。他拒绝了所有同学的帮助,用他瘦弱的身躯去背负因为患病而肥胖许多的小伙伴。小伙伴也拒绝让别的同学背,因为小伙伴认为只有他背更安全更值得信赖。

从小学到初中,无论风霜雪雨,他从未间断接送小伙伴的任务。他从来都认为他在做一件很普通的事,几年里的路程,洒落多少汗水,他从未想过要求小伙伴家中为他做些什么,而小伙伴也从未向他表示过感谢,并且一如既往地做他最要好的朋友。

然而有一天,他得了白血病,急需许多钱和大量血液。小伙伴的父母起初也送了一些钱到他家中,但是后来不见病情好转,就不敢再花钱了。小伙伴得知他需要输血时,毫不犹豫地把胳膊伸向前去,说:"把我的血输给他。他病好后还要再背我上学呢!"一句话说得父母大为惭愧,拿出了所有积蓄为他治病。

高尚行为其实都很平常,平常到如同两颗少年的心的碰撞,这样的爱,就是我们一生追寻的天堂之爱。而这样的天堂,就在我们的内心深处,就在我们被遗落的童年时代。天堂并不在遥不可及的天上,如果我们曾经用心,曾经毫无保留地去对一个人好,那么我们就会发现,身边有爱,爱中有天堂。

关爱心语

我们都想拥有一份真诚的友情,有知心的朋友与自己共同分享快乐和忧伤。只有建立在真诚和心与心的关爱基础上的友谊才能够经得起时间的考验。文中的小主人公为了给自己的小伙伴上学的快乐,历经风霜雪雨,在那条上学的路上铺满了厚厚的友谊石子。当他身患重病时,他的小伙伴用自己的行动再一次给了我们关于友谊的最好答案。

文 陈 思

祝你生日快乐 文 （美）罗伯特·泰特·米勒

爱的作料也许是甜的、苦的、咸的，但总有一种感觉是我们所无法忘怀的，那就是爱！

在一个阳光明媚，鸟声啁啾的清晨，约翰·埃文斯拖着沉重的脚步走进了我的生命里。他是一个衣衫褴褛的小男孩，身上穿着的是别人穿过的特大号的旧衣服，脚上穿着的鞋子早已经破旧不堪了，接缝处全都绽开了口子。

约翰·埃文斯是黑人的儿子，他的父母是农业季节工人，最近刚迁居到我们这个位于北卡罗来纳州的小镇来采摘这一季的苹果。这些工人们是最贫穷的工人，他们所赚的钱仅仅只够养家糊口的。

那天早上，约翰·埃文斯站在我们二年级教室的前面，一脸的倒霉相。当我们的老师帕梅尔夫人在点名册上写下他的名字的时候，他则不时地交换着双脚站立。虽然我们不能确信这位不上档次的新同学今后的表现会如何，但是，我们已经在下面对他指指点点，小声地非议起他来了。

"那是什么啊？"坐在我身后的一个男孩咕哝道。

"谁快把窗户打开吧！"一位女生笑着说。

帕梅尔夫人抬起头，双眼透过她的老花镜注视着我们。我们的议论声顿时停止了。然后，她又低下头去继续做日常的案头工作了。

"同学们，这是约翰·埃文斯。"少顷，帕梅尔夫人才又抬起头，向我们介绍说,听得出来,她在努力地使她的声音听起来充满热情。而约翰则笑容满面地环顾着大家,希望我们也能对他报以微笑。遗憾的是,没有人对他微笑。但是不管怎样,他仍旧咧着嘴笑着。

而此时此刻,我则竭力地屏住呼吸,希望帕梅尔夫人不会注意到我身边的那个空位子。但是,她还是注意到了,并且对约翰向我这边指了指。当他轻轻地走近座位的时候,他看了看我。但是,我却扭过头去,转移了视线,让他不要误认为我会答应他成为我的新朋友。在约翰到我们班级第一个星期即将结束的时候,他发现自己仍旧是学校里最不受欢迎的人。

"这一切都是他自己造成的,"一天晚上吃晚饭的时候,我对妈妈说,"他几乎连最简单的计算都不会!"

逐渐地,妈妈通过我每天晚上的评论,已经对约翰有了非常深入的了解了。她总是耐心地倾听我的述说,除了时不时若有所思地说声"嗯"或者"我明白"之外,她几乎不发表任何意见。

"我可以坐在这儿吗?"一天,约翰手里端着午餐托盘,站在我的面前,面带笑容地问我道。

我下意识地向四周看了看,看有没有人在注意我们。"可以,你坐吧。"我无精打采地答道。

于是,我一边挨着他吃饭,一边听他不停地闲谈。这时,我才逐渐明白,我们以前对他的那些嘲弄真是太不应该了。其实,他是一个很容易相处的人,和他在一起,会让你感到非常愉快,不仅如此,我还发现,他是我到目前为止所认识的最爽快的男孩。

吃过午饭,我们一起来到操场上,参加游戏活动,不论是爬竿,还是荡秋千,抑或是跳沙箱,都被我们两人一一征服了。当我们排着队跟在帕梅尔夫人的身后向教室走去的时候,我决定要成为约翰的朋友,今后,他再也不会没有朋友了。

"妈妈,您说说那些孩子为什么对约翰这么不友好呢?"一天晚上,妈妈送我上床睡觉的时候,我问她。

"我也不知道,"她忧伤地说,"也许只有他们自己才知道吧。"

"妈妈,明天是约翰的生日,可是他却什么东西都得不到。既不会有蛋糕,也不会有礼物。总之,他什么都不会有的,甚至根本就不会有人在意。"

妈妈和我都知道,每当有小朋友过生日,他的妈妈都会为全班同学带去纸托蛋糕和小礼物。

这些年来,妈妈就已经为我和我的姐妹们的生日到我们的学校送过多次蛋糕和小礼物了。但是,约翰的妈妈却整天都在果园里忙于工作,一定不会记得约翰的生日的。

"哦,宝贝,别担心,"妈妈安慰我说,"我敢肯定一切都会好的。"然后,她轻轻地吻了我一下,并向我道了晚安,就走出我的卧室。这次,是我有生以来第一次觉得妈妈说的话可能错了。

第二天早晨吃早饭的时候,我佯称身体不舒服,不想去学校,希望能够待在家里。

"是不是因为今天是约翰的生日?"妈妈问道。

顿时,我觉得我的脸一阵燥热,涨得通红,等于不打自招。

"哦,亲爱的,你想一想,如果在你过生日的时候,你唯一的朋友也不到场,那你的感受会怎样呢?"妈妈柔声问道。

我想了想,猛地恍然大悟。于是,我立刻起身,吻了妈妈一下,就急急忙忙地上学去了。那天早上,我见到约翰的第一件事就是祝他生日快乐,从他那羞涩的笑容里我看得出他非常高兴我能够记住他的生日。于是,我想:也许这一天根本就不那么可怕!

就这样,大约到了下午三时左右,我几乎就已经确信生日其实并没有什么大不了的。接着,当帕梅尔夫人正在黑板上写着数学公式的时候,突然,我听到走廊里传来了一阵熟悉的声音。我听得出来那声音唱的正是《生日歌》。

片刻之后,妈妈手里拿着一盘点着红蜡烛的纸托蛋糕走进了教室。而她的腋下则夹着一件上面系着红色蝴蝶结包装的精美礼物。

这时,帕梅尔夫人也提高了嗓门,跟着我妈妈一起唱了起来。而同学们则都不约而同地把疑惑的目光投向了我,等待着我的解释。这时,妈妈发现约翰就像一只被汽车的前灯灯光怔住了的小鹿一样呆坐在座位上。于是,她连忙走到他的面前,把蛋糕和礼物放在了他的课桌上,并且说道:"约翰,祝你生日快乐!"

接下来,我的朋友端着那盘蛋糕,不厌其烦地走到每一位同学面前,很有礼貌地邀请他们和他一起分享这香甜可口的蛋糕。这时,我发现妈妈正目不转睛地注视着我。当看到我正吃着湿润而又柔软的巧克力糖霜的时候,她微笑着向我眨了眨眼睛……

回首往事,我几乎已经记不得那次和我们一起共度那个生日的其他孩子的姓名了。而在那之后不久,约翰·埃文斯也跟随他的父母迁居到别处去了,并且,至今,我再也没有听到过他的任何消息。但是,不论何时,只要我听到那首熟悉的歌曲,那天的一切就会清晰地浮现在我的脑海里,我的耳边仿佛又响起了妈妈那温柔的歌声,我的眼前仿佛又出现了那个小男孩那闪烁着惊喜的光芒的双眼,我的嘴角仿佛又回味着那盘纸托蛋糕的香甜……

爱的作料也许是甜的、苦的、咸的,但总有一种感觉是我们所无法忘怀的,那就是爱!

刻意远离一个人很痛苦,走近一个人却很快乐。其实,没有一无是处的人,每个人身上都有优点。平时那个你很讨厌的"坏孩子"身上也闪烁着某种光芒,走近他,你就会发现。给别人一点爱,我们也能感受到爱。在别人最需要帮助的时候伸出我们的手,我们会收获到快乐。